Le petit mercure

Collection créée par Colline Faure-Poirée
Suivi éditorial par Jean-Michel Décimo

Le goût du chocolat

Textes réunis et présentés
par Ingrid Astier

Mercure de France

ISBN 978-2-7152-2639-5

SOMMAIRE

DANS LES CABOSSES DU CHOCOLAT,
UNE GÉOGRAPHIE RÊVÉE

UN RITUEL MATINÉ D'ENFANCE

UNE POLITESSE QUI NE SE FAIT PAS PRIER

UNE SENSUALITÉ RAFFINÉE,
UN ÉROTISME LATENT,
UN FANTASME ÉTALE : UN PÉCHÉ DIABOLIQUE ?

INTRODUCTION

À Jean-Christophe et Morse,
qui vouent à la fève un culte passionné,
et à Jacques, François et Pierre,
qui la magnifient

À l'instar de la tomate ou de la pomme de terre, le chocolat connut des débuts difficiles en Europe (la première cargaison date de 1585). En 1671, Madame de Sévigné hésite encore entre fascination et suspicion. On ne croise somme toute le mot *chocolat* que depuis 1659 en langue française… Ce ne sont pourtant pas les enfants qui s'étonneront que les fèves de cacao furent d'abord utilisées comme monnaie d'échange et réservées aux rites religieux. On perpétue cet usage en les gratifiant de pièces en chocolat… Montherlant lui-même ne courait-il pas après les médailles en chocolat ? Pour un enfant, le chocolat, c'est divin. À en rester perché en haut d'un *cacahuaquchtl*, l'arbre des dieux mayas. Aimer le chocolat, c'est un peu descendre de l'arbre du Yucatan ou du Guatemala. Cortez ne s'y trompa pas, qui ramena en 1527 une chocolatière. Voltaire, Brillat-Savarin, Le Clézio, Joanne Harris ou Jorge Amado nous font faire un tour en cabosse.

Le chocolat jouit d'un accord tacite, lissant les différends culturels comme générationnels, conciliant peuples et personnalités. La *doxa* s'accorde sur ce point et l'on connaît la boutade : « Neuf personnes sur dix l'aiment, la dixième ment », attribuée à John Tullius. À en croire Joanne Harris, même les acariâtres succombent à sa volupté, à sa fonte régressive. Et le chocolat, voluptueux en bouche, pacifie les âmes. De guerre ne subsiste alors que celle qui divise les buveurs de thé, de café ou de chocolat. Roald Dahl, Michel Tournier nous montrent qu'il reste l'apanage d'une enfance nostalgique, tandis que Rachid O., Balzac ou André Gide nous initient aux vertus du chocolat chaud. Le lecteur découvrira à travers ces textes qu'il n'est pas le seul privilège des enfants : terre de mémoire des adultes, il reflète la nostalgie d'un univers maternel, voire de promesses matinales bercées encore par le rêve.

Il concilie les sphères familiales, intimes, et les sphères sociales, puisqu'on se retrouve autour de lui et qu'il entre dans des logiques de don / contre-don. Michel Onfray, Somerset Maugham ou Albert Cohen nous dépeignent les rites d'hospitalité. Le chocolat ne se cantonne alors plus au petit déjeuner mais répond au diktat des fêtes ou aux stratégies de la séduction.

Le chocolat nous invite à un voyage, à travers ses pays producteurs, les arômes de sa fève, de son mucilage et de sa torréfaction, mais aussi à un voyage métaphorique, menant à un transport particulier : le transport amoureux. Pour Alain Ducasse, « cacao et chocolat sont des mots à la fois exotiques et familiers ». C'est la terre d'accostage d'un Casanova, pour qui la densité soyeuse du chocolat chaud est prémices aux ébats amoureux. Le chocolat ouvre au fantasme. Hermann Hesse, Claude Roy ou Émile Zola nous initient à ses arcanes. Plus que le vin, c'est le chocolat qui sent le soufre : allié de la séduction, aphrodisiaque, il se fait adjuvant des conquêtes.

Source d'inventivité, le chocolat ne fuit pas le baroquisme : on renoue aujourd'hui avec l'origine d'un chocolat saturé d'épices, en le parant de toutes les notes : fragrances florales d'un chocolat au jasmin, à la rose, animales – chocolat à l'ambre, cher à Brillat-Savarin, au musc – capiteuses de la vanille de Tahiti, épicées de la cannelle de Chine, de la muscade, du poivre de Java, citronnées de la cardamome, hespéridées du cédrat confit, du yuzu japonais, iodées du thé maccha, pactisant avec l'amertume de la bière... La fantaisie va même jusqu'à proposer des ganaches au fromage. Le chocolat redouble de ludisme en s'associant à toutes les métamorphoses : boisson froide ou chaude, pavés au grué de cacao, cacao en poudre, ganaches, entremets, plats salés, cosmétiques... De quoi ne plus savoir où donner de la bouche... La langue se l'approprie également, dans une grande vitalité du langage : complice « âne chocolat » de Pierre Peuchmaurd, couleur dense des chevelures chez Emmanuelle Pagano, ou blondes comme « l'or des cabosses mûres de cacao » chez Jorge Amado. La langue se fait aussi reflet axiologique appréciatif : si la morphologie canonique relevait du carré (« une belle carrure »), les *tablettes de chocolat* des sportifs tiennent autant de l'harmonie, de la fermeté que du mordant... Jorge Amado noue langage et érotisme en évoquant « les belles dames, blanches comme amande de cacao juste sortie de la cabosse », blanches comme les seins ou l'hostie !

Adulé, il attire cependant un certain sectarisme, lié aux discours diététiques : la vogue pour le chocolat noir, allant jusqu'à l'austérité (du chocolat à 100 %), frôle l'élitisme, contre la spontanéité gourmande, parfois effrénée, des amoureux du chocolat au lait. Succomber au chocolat blanc relève, dans cette perspective, de l'hérésie, et l'on ne sera pas surpris de ne trouver dans cet ouvrage aucun manifeste pour le chocolat blanc… Le chocolat noir quant à lui pactise avec l'élégance, et la vogue des grands crus témoigne d'un élitisme retrouvé (longtemps apanage des aristocrates, le chocolat s'est démocratisé récemment, comme le montre Michel Onfray). Les sphères de l'art sont proches : le chocolat s'allie aujourd'hui sans complexe à la haute-couture.

« Notre Besoin de consolation est impossible à rassasier », remarquait Stig Dagerman : doit-on lui imputer une vogue actuelle frôlant l'endiablement ? Littérature, cosmétiques, rayonnages de supermarchés, devantures des boutiques, couleurs de la mode, modèles de téléphones portables ou de joaillerie vouent un culte à la Fée Fève. Ce capharnaüm du cacao est le reflet de la puissance du chocolat sur notre imaginaire collectif : nous sommes tous enfants de la fève. Proust rêvait devant « [l]es images aux rayons X d'intérieurs de chocolat » ! Tant qu'il y aura la gourmandise, parions qu'il y aura le chocolat.

Ingrid ASTIER

DANS LES CABOSSES DU CHOCOLAT, UNE GÉOGRAPHIE RÊVÉE

Voyage à travers les plantations

JOANNE HARRIS

Dans la confidence du chocolat

Chocolat *est le troisième roman de Joanne Harris. L'histoire se déroule à Lansquenet, petit village français où l'arrivée de Vianne Rocher et d'Anouk, sa fille, provoque une véritable révolution des papilles gustatives et des esprits. Aux yeux des autorités morales du lieu, le curé Reynaud en tête, les friandises et surtout le chocolat ne peuvent être que des créations diaboliques dangereuses qui risquent de détourner la population du droit chemin. La paix civile du village est menacée… Ce livre a été porté à l'écran en 2002 (adaptation de Lasse Hallstrom, avec Juliette Binoche et Johnny Depp).*

Mercredi 19 février

Je dérobais les menus dans les restaurants et contemplais avec convoitise les vitrines des pâtisseries. Je devais avoir dix ans – peut-être plus – lorsque je goûtai pour la première fois du vrai chocolat. Ma fascination ne cessa pas pour autant. Je transportais des recettes dans ma tête comme des cartes de géographie. Toutes sortes de recettes, déchirées dans des magazines abandonnés dans des gares grouillantes d'animation, extorquées avec force cajoleries à des voyageurs rencontrés sur la route, pour composer finalement d'étranges mariages de ma propre invention.

Chocolat, traduit de l'anglais
par Anouk Neuhoff © Quai Voltaire, 2000

Le « vrai chocolat » : voilà toute une question ! Que faut-il entendre par cette revendication qualitative ? Pour un Maya, le vrai chocolat, c'était un chocolat à l'eau et aux épices, mousseux à l'envi, enrichi de farine de maïs pour partir à la guerre. Pour une Espagnole comme Marie-Thérèse en 1660, c'était un chocolat à la cannelle et au piment rouge. Ou plus exactement : pour 100 grains de cacao grillés, pilés et dégraissés, il fallait 12 amandes et 12 noisettes broyées, un demi-pain de sucre concassé, une cuillerée de miel, des grains d'anis et deux grains de poivre du Mexique ou grains de chili, six roses d'Alexandrie, une gousse de campêche et deux drachmes de cannelle. Pour la narratrice de *La Folle Allure* (1995), de Christian Bobin, c'est le chocolat noir : « J'adore la soie, la couleur verte et le chocolat noir. » Le chocolat noir s'affuble de valeurs par procuration : luxe, intensité, sobriété, concentration. Pierre Hermé lance en France dans les années quatre-vingt-dix des grands crus de chocolat de François Pralus (qui travaille à partir de la fève) : Madagascar, Chuao, Java (« puissant, long en bouche, subtil », selon Pierre Hermé). On découvre alors les mono-origines et la notion de terroir, à l'instar des vins. Alors que l'industrie tente de faire croire que le sésame est dans le pourcentage, on apprend que seule importe la qualité des fèves (criollos, forasteros ou trinitarios) et le soin du processus de fabrication (cueillette, écabossage, triple fermentation, séchage solaire ou artificiel, décorticage et torréfaction, broyage et conchage, moulage...). Une directive européenne de 2000, autorisant les matières grasses végétales autres que le beurre de cacao (beurre de karité, illipé, sal, kokum gurgi, noyau de mangue, huile de palme), porte atteinte à l'idéal du « vrai chocolat »...

BRILLAT-SAVARIN

La ruée vers le chocolat

Magistrat, Brillat-Savarin (1755-1826) aborde sujets culinaires, réflexions philosophiques et comportements de ses semblables avec verve et humour. La Physiologie du goût *(1825) fait la part belle au chocolat qu'il pare de toutes les vertus tout en nous instruisant.*

PREMIÈRE PARTIE-SPÉCIALITÉS

§-X. DU CHOCOLAT. – SON ORIGINE. 47.

Ceux qui, les premiers, abordèrent en Amérique, y furent poussés par la soif de l'or. À cette époque, on ne connaissait presque de valeurs que celles qui sortaient des mines : l'agriculture, le commerce, étaient dans l'enfance, et l'économie politique n'était pas encore née. Les Espagnols trouvèrent donc des métaux précieux, découverte à peu près stérile, puisqu'ils se déprécient en se multipliant, et que nous avons bien des moyens plus actifs pour augmenter la masse des richesses.

Mais ces contrées, où un soleil de toutes les chaleurs fait fermenter des champs d'une extrême fécondité, se sont trouvées propres à la culture du sucre et du café ; on y a, en outre, découvert la pomme de terre, l'indigo, la vanille, le kina, le cacao, etc. ; et ce sont là de véritables trésors.

[...]

Les recherches que feront les savants de la vieille Europe dans tant de pays inexplorés enrichiront les trois règnes d'une multitude de substances qui nous donneront des sensations nouvelles, comme a fait la vanille, ou augmenteront nos ressources alimentaires comme le cacao.

On est convenu d'appeler *chocolat* le mélange qui résulte de l'amande de cacao grillée avec le sucre et la cannelle : telle est la définition classique du chocolat. Le sucre en fait partie intégrante ; car, avec du cacao tout seul, on ne fait que de la pâte de cacao et non du chocolat. Quant au sucre, à la cannelle et au cacao, on joint l'arôme délicieux de la vanille, on atteint le *nec plus ultra* de la perfection à laquelle cette préparation peut être portée.

C'est à ce petit nombre de substances que le goût et l'expérience ont réduit les nombreux ingrédients qu'on avait tenté d'associer au cacao, tels que le poivre, le piment, l'anis, le gingembre, l'aciole et autres, dont on a successivement fait l'essai.

Le cacaoyer est indigène de l'Amérique méridionale ; on le trouve également dans les îles et sur le continent : mais on convient maintenant que les arbres qui donnent le meilleur fruit sont ceux qui croissent sur les bords du Maracaïbo, dans les vallées de Caracas et dans la riche province de Sokomusco. L'amande y est plus grosse, le sucre moins acerbe et l'arôme plus exalté. Depuis que ces pays sont devenus plus accessibles, la comparaison a pu se faire tous les jours, et les palais exercés ne s'y trompent plus.

Les dames espagnoles du Nouveau Monde aiment le

chocolat jusqu'à la fureur, au point que, non contentes d'en prendre plusieurs fois par jour, elles s'en font quelquefois apporter à l'église. Cette sensualité leur a souvent attiré la censure des évêques ; mais ils ont fini par fermer les yeux : et le révérend père Escobar, dont la métaphysique fut aussi subtile que sa morale était accommodante, déclara formellement que le chocolat à l'eau ne rompait pas le jeûne, étirant ainsi, en faveur de ses pénitentes, l'ancien adage : *Liquidum non frangit jejunium.*

Le chocolat fut apporté en Espagne vers le XVIIe siècle, et l'usage en devint promptement populaire, par le goût très prononcé que marquèrent, pour cette boisson aromatique, les femmes et surtout les moines. Les mœurs n'ont point changé à cet égard ; et encore aujourd'hui, dans toute la Péninsule, on présente du chocolat dans toutes les occasions où il est de la politesse d'offrir quelques rafraîchissements.

Le chocolat passa les monts avec Anne d'Autriche, fille de Philippe II et épouse de Louis XIII. Les moines espagnols le firent aussi connaître par les cadeaux qu'ils en firent à leurs confrères de France. Les divers ambassadeurs d'Espagne contribuèrent aussi à le mettre en vogue, et au commencement de la Régence, il était plus universellement en usage que le café, parce qu'alors on le prenait comme un aliment agréable, tandis que le café ne passait encore que comme une boisson de luxe et de curiosité.

Physiologie du goût, 1825

JORGE AMADO

Dans l'intimité d'une cacaoyère

Jorge Amado, écrivain brésilien né en 1912, a écrit Cacao *à l'âge de dix-neuf ans. Fils d'un planteur, il nous porte au plus près du sucre et du cacao. Dans ce bref roman, il peint la vie d'une cacaoyère avec « un minimum de littérature et un maximum d'honnêteté ». Sergipano, jeune paysan amoureux, initie le lecteur aux pratiques des plantations dans le sud de Bahia.*

Ils [les ouvriers] travaillent à la journée dans tous les emplois, à l'abatture des fruits, à la mise en tas, à l'égouttoir et aux barcasses. C'était la grande majorité. Nous avions 3 500 *reis* par jour de travail, mais dans les bonnes époques on était arrivé à payer 5 *milreis*.

Nous partions le matin avec les longues gaules au bout desquelles une petite faucille brillait au soleil. Et nous pénétrions au milieu des cacaoyers pour la cueillette. Sur l'ancienne cacaoyère de João Evangelista, l'une des meilleures de la propriété, travaillait un groupe important. Honorio, Nilo, Valentin, moi, et une demi-douzaine d'autres, faisions la cueillette. Magnolia, la vieille Julia, Siméon, Rita, João Grilo et d'autres mettaient en tas et ouvraient les cabosses. Il se formait des tas de ces fèves blanches, d'où s'écoulait le suc. Nous, ceux de la cueillette, nous nous éloignions les uns des autres et à peine échangions-nous quelques mots. Ceux de la mise en tas causaient et riaient. L'équipe du transport de cacao mou arrivait, envahissant la cacaoyère. Le cacao était amené à l'égouttoir pour les trois jours de fermentation. Nous devions danser sur les fèves gluantes, et le suc adhérait à nos pieds. Suc qui résistait aux bains et au savon en pâte. Puis, débarrassé du suc, le cacao séchait au soleil, étendu sur les barcasses. Là encore nous dansions dessus et chantions. Nos pieds étaient étalés, les doigts écartés. Au bout de huit jours les fèves de cacao étaient noires et sentaient le chocolat. Antonio Barriguinha, alors, emmenait des sacs et des sacs à Pirangi, en convois de quarante et cinquante bourricots. La plupart des « loués » et des forfaitaires ne connaissaient du chocolat que cette odeur analogue qu'a le cacao.

Cacao,
traduit du portugais par Jean Orecchioni

C. Doutre-Roussel, dans *The chocolate connoisseur* (2005), rappelle les principaux lieux de production du chocolat et la typicité des terroirs : Côte d'Ivoire et Ghana qui produisent des forasteros et se partagent 70 % de la production mondiale, Indonésie qui fournit des fèves acides et l'exceptionnel Java, Brésil qui fut jusqu'en 1986 le 2e producteur de cacao, date où les cacaoyers furent ravagés par une maladie. Au Mexique, on trouve des criollos poussés à l'état sauvage dans la région du Chiapas. Le Venezuela était un actant majeur au XVIIe siècle, mais les cyclones et la récession ont réduit son influence. C'est sur l'île de la Trinité qu'existe un conservatoire des cacaoyers (3 000 génotypes). C. Doutre-Roussel précise que le Venezuela fournit des productions qualitatives, dont l'exceptionnel Chuao (nord de Caracas), commercialisé par le chocolatier roannais François Pralus en 1994 et Amedei en 2004. L'Équateur, 8e producteur mondial, fournit les cacaos les plus intéressants d'Afrique, avec notamment les cacaoyers *nacional*. La production de Madagascar est d'une grande qualité (dont la plantation Millot, préférée de François Pralus). En Jamaïque, les fèves sont souvent mal fermentées. Joseph Favre (1849-1903), cuisinier pétri de médecine, préconisait lui « un tiers de cacao Caraque avec deux tiers de Maragnan » formant une « excellente combinaison ». Le chocolat, à l'instar d'une belle capricieuse, est un produit fragile. Son blanchiment s'explique par « la recristallisation, lors d'un refroidissement, de ces fractions enrichies en triglycérides à une seule double liaison » (Hervé This, *Casseroles et éprouvettes*). Par enfleurage, il a le don grâce au beurre de cacao de capter les parfums : gare à sa dénaturation !

VOLTAIRE

L'envers du chocolat

Voltaire (1694-1778) écrit avec Candide ou l'optimisme *un conte philosophique, fidèle à la pensée des Lumières. Candide, chassé du Château de Thunder-ten-Tronkh pour avoir embrassé Mademoiselle Cunégonde, est passé du « meilleur des mondes possibles » à l'enfer de la guerre. Il retrouve Pangloss, le précepteur. Le château a été rasé et ses habitants massacrés par les Bulgares. Pangloss, fidèle à sa philosophie, n'en tente pas moins de convaincre Candide de la nécessité de tous ces maux pour le bon fonctionnement du « meilleur des mondes possibles ».*

« Ô mon cher Candide ! Vous avez connu Paquette, cette jolie suivante de notre auguste baronne ; j'ai goûté dans ses bras les délices du paradis, qui ont produit ces tourments d'enfer dont vous me voyez dévoré ; elle en était infectée, elle en est peut-être morte. Paquette tenait ce présent d'un cordelier très savant qui avait remonté à la source, car il l'avait eu d'une vieille comtesse, qui l'avait reçu d'un capitaine de cavalerie, qui le devait à une marquise, qui le tenait d'un page, qui l'avait reçu d'un jésuite qui, étant novice, l'avait eu en droite ligne d'un des compagnons de Christophe Colomb. Pour moi, je ne le donnerai à personne, car je meurs.

– Ô Pangloss ! s'écria Candide, voilà une étrange généalogie ! N'est-ce pas le diable qui en fut la souche ?

– Point du tout, répliqua ce grand homme; c'était une chose indispensable dans le meilleur des mondes, un ingrédient nécessaire : car si Colomb n'avait pas attrapé dans une île de l'Amérique cette maladie qui empoisonne la source de la génération, qui souvent même empêche la génération, et qui est évidemment l'opposé du grand but de la nature, nous n'aurions ni le chocolat ni la cochenille. »

Candide ou l'optimisme

Voltaire tourne en dérision les fruits des expéditions. Le mot *chocolat* (1659, d'abord *chocolate* en 1598) comme le mot *cochenille* (1578) sont en français des emprunts à l'espagnol : *chocolate* (1590), *cochinilla* (1555). Ces termes sont un autre héritage des grands voyages. La cochenille est issue d'un principe colorant provenant d'un insecte vivant sur le napal. Aux richesses ramenées du Nouveau Monde, Voltaire ajoute... la syphilis. On discute aujourd'hui cette origine américaine d'une tréponématose vénérienne précolombienne (G. Larrouy), mère de la syphilis. Le siècle des Lumières pensait que les marins de Christophe Colomb avaient contracté la syphilis en 1493 par voie vénérienne auprès des femmes indiennes des Caraïbes. Les atteintes étaient spectaculaires. Avec ironie, Voltaire traite du raccourci entre chocolat et diablerie. La mode du chocolat s'attraperait... comme une maladie. Il semble désormais erroné de parler de Maladie du Nouveau Monde. Justice est donc rendue au Cap et au chocolat !

MICHEL ONFRAY

Un breuvage de feu

Michel Onfray a écrit La Raison gourmande *en 1995, dont le titre témoigne d'une réhabilitation de la gustation consciente, assumée, contre une pensée coupée du corps, contre une « raison pure ». Manifeste du goût et de l'olfaction, ce livre explore la question « Y a-t-il une philosophie de la nutrition ? », à travers les parcours gourmands de Grimod de la Reynière, Brillat-Savarin et Carême, entre autres. La figure de l'« ange hédoniste » règne. Ouvrant à l'« odyssée du chocolat », il mêle références historiques, considérations philosophiques, symboliques et sociologiques.*

Le dieu à tête de bœuf, le prince aux paupières coupées, l'imam des caprins et le Prophète lui-même ne furent pas de trop pour les mythologies asiatiques. Dans les terres du continent américain, le pendant de ceux-là était un serpent à plumes, jardinier du paradis, Quetzalcoatl. Le thé était bouddhiste, le café musulman, le chocolat sera l'emblème d'une civilisation païenne vivant en harmonie avec la nature, pratiquant les sacrifices, exacerbant des sexualités solaires, dionysiaques et collectives. La boisson au cacao est une création du dieu qui, comme Chen Nung, préside aux mystères de la forêt et des végétations luxuriantes. Et jusqu'à l'époque des Lumières, le chocolat qu'on dit baroque est d'abord, et avant tout, un support à épices qui échauffent le sang, excitent et mettent les libidos en transport. Avec la fève de cacao torréfiée, on prépare de savants mélanges dans lesquels entrent de l'écorce fraîche de cédrat et de citron, du jasmin, de la cannelle, de l'ambre et du musc, du piment et du poivre, de l'anis, du gingembre et de l'aciole. On ajoute à tout cela du roucou, une poudre qui rappelle les couleurs de la latérite africaine, des graines de bombax et de la bouillie de maïs. Nul doute qu'avec ces substances l'âme ne soit brûlée, la chair excitée. L'ancêtre du chocolat d'aujourd'hui était d'une évidente virilité...

La Raison gourmande

MICHEL ONFRAY

Une fève sacrée, une sacrée fève

Dans la section « Mythologies des religions excitantes », Michel Onfray relate l'arrivée de Cortès sur les terres des Mayas. Il se penche sur les propriétés et usages accordés au cacao, tout en développant les implications symboliques et les croyances projetées. À la couleur du cacao répond la couleur du sang, reprise par celle de la bixine du rocou.

Cortès, casqué, cuirasse, descendant de caravelles immenses et apportant avec lui la terreur, la mort et l'ardeur à perpétrer un génocide sans pareil. La suite est connue. Elle vaudra à la civilisation du cacao de disparaître et à l'Espagne très catholique le destin de populariser le chocolat des Lumières en Europe. Avec lui triomphera le chocolat vanillé et sucré des bourgeoises et des bonnes sœurs, boisson recyclée qui célébrera, sinon pour toujours, du moins pour de longs siècles, les épousailles du cacao et de la douceur sirupeuse prisée par les oisifs, les malades, les femmes et les enfants. C'est du moins sa réputation d'aujourd'hui.

Du chocolat préhispanique, il faut retenir la force et la puissance corsée. La boisson rituelle des Mayas – la fève moulue, des épices et de l'eau –, le *chacau haa*, est un breuvage de guerrier bu collectivement par ceux qui se préparent au combat, avant l'assaut. Pour obtenir la fève, il fallait respecter des rites dionysiens au cours desquels se succédaient sacrifices de chiens roux, la couleur du roucou des mélanges, danses orgiaques, rites propitiatoires et furies masquées. Les paysans chargés des travaux sur le cacaoyer devaient observer une abstinence sexuelle pendant les treize jours qui précédaient la récolte. En revanche, le jour même, ils s'abandonnaient à des transports sans freins. La boisson préparée était servie par de jeunes vierges, d'abord à l'empereur, puis aux célébrants, officiants et comparses auxquels étaient distribuées deux mille coupes d'or.

La Raison gourmande

J.M.G. LE CLÉZIO

Le breuvage sacré des seigneurs

Jean-Marie Gustave Le Clézio publie Le Rêve mexicain *en 1988. Cet auteur qui aurait « aimé être dessinateur de bandes dessinées » cultive le goût du voyage (rêvé et arpenté), renouant avec ses origines bretonnes et mauriciennes. En 1966, coopérant au Mexique comme enseignant, il découvre le monde amérindien. Ce livre est résurgence des cultures préhispaniques, de leur proximité avec l'ordre du monde et la nature, de ce rêve d'une « harmonie avec le temps ». Mais il devient cauchemar avec l'arrivée du navire de Hernán Cortès, en mars 1517, qui provoque la ruine de cette civilisation. On approche la dimension sacrée du breuvage des seigneurs : le cacao.*

Tout en eux est sacré. La justice, la guerre, le tribut, mais aussi les jeux – tel le célèbre *tlachtli*, le jeu de pelote, au cours duquel les princes de peuples rivaux s'affrontent parfois dans l'enceinte du temple (l'une des joutes les plus célèbres eut lieu entre Moctezuma le Vieux, seigneur de Tenochtitlan, et Nezhualcoyotl, seigneur de Tezcoco).

La nourriture est sacrée également : tortillas de maïs blanc, gibier, poisson de la mer, *nequatolli*, breuvage de maïs et de miel, et surtout le cacao, la boisson même des seigneurs.

Les demeures sont sacrées, innombrables salles du

palais où se fait le gouvernement de l'empire : salle de justice, conseil de guerre, salle des majordomes, salle des chantres, salle des visiteurs.

Le caractère sacré du pouvoir est dans les fastes qui marquent l'élection d'un nouveau seigneur. Celui-ci est conduit jusqu'au temple de Huit-zilopochtli où il est revêtu d'une tunique vert sombre ornée de dessins d'os, nommée *xicolli*; on lui remet une calebasse pleine de tabac à priser; puis, après un jeûne de quatre jours le nouveau seigneur reçoit l'investiture de quatre sénateurs qui représentent les dieux; le *tlacochcalcatl* (le seigneur des lances), le *ticocihuacoatl,* le *cihuacoatl* (représentants de la déesse-serpent), le *titlancalqui* (représentant de Tezeatlipoca).

Le Rêve mexicain
ou la pensée interrompue

SÉBASTIEN LAPAQUE

Les Indiens pour guides

Dans Court voyage équinoxial *(2005), Sébastien Lapaque relate ses voyages au Brésil, mêlant une Amazonie fantasmée et une Amazonie informée, sillonnée. Fidèle à la remarque célèbre, paradoxale, de Claude Lévi-Strauss – « Je hais les voyages et les explorateurs » –, il jette un regard empreint d'une curiosité non destructrice, qui ne cherche pas à assimiler les cultures étrangères. Il nous projette sur un marché bigarré du port de Belém et dévoile les motifs des alliances encouragées entre Portugais et Indiens, où compte le cacao.*

Récemment restauré, le vieux port de Belém est un endroit délicieux. Ses entrepôts 1900 ont été reconvertis en restaurants branchés. Plus loin, la réhabilitation du marché couvert n'est pas achevée. Les commerçants du Mercado Ver-o-Peso y vendent leurs produits sous de larges auvents de toile. *Jambos, acerola, caju, carambola, cupuaçu...* Des pyramides d'épices, des fruits à profusion, des animaux à poil et à plumes. Des traditions venues d'Afrique se mêlent aux usages indiens et européens. C'est la marque de Belém, la plus métissée et la plus cosmopolite des villes du fleuve.

« La Couronne portugaise a très vite encouragé le mariage de ses sujets avec des Indiens, m'explique Osvaldo. Ces derniers connaissaient le secret des herbes médicinales et savaient où trouver le cacao, la vanille, la casse et la cannelle dans l'immense forêt amazonienne. Sous d'autres latitudes, l'homme blanc n'a pas hésité à massacrer les indigènes. Ici, il ne pouvait pas s'en passer. »

Court Voyage équinoxial

FRANÇOIS SALVAING

Un investissement comme un autre

Dans Jourdain, *François Salvaing tisse l'histoire de Jean Jourdain, milliardaire septuagénaire, qui persuade une équipe de télévision de le suivre et le filmer, durant ses adieux au monde. Homme de pouvoir, rompu aux codes sociaux et aux ruses mondaines, il propose une sobre mise à nu, dénuée de* pathos, *des rouages de la société. Ce passage propose un résumé des investissements fructueux dans des pays étrangers, à la faveur des fluctuations des marchés. L'engouement pour les produits se borne au gain potentiel, et les choix se font sans considération affective ou humaine. Une dénonciation, en filigrane, du cynisme des affaires.*

Jourdain père prénommé Raymond, naguère fils d'un Jourdain père prénommé Jules, lui-même Jourdain fils d'un Jourdain père prénommé Victor, ainsi de suite jusqu'au fondateur Emmanuel Jourdain... ce Jourdain père dernier en date a confié à son fils Jean le Maghreb pour se faire les dents et apprendre le métier, puis il y a ajouté l'AOF et l'AEF. La maison Jourdain s'intéresse ici aux dattes, à l'alfa, là au jasmin, ailleurs aux oranges, au cacao, aux bois. Produits du sol. Le sous-sol exige des mises de fonds un peu trop importantes, elle y songe, sans plus.

Jean Jourdain, en ce temps-là, d'un pas de héron arpente des vignobles, des forêts, des brousses.

Tenues adéquates, impeccables, ici le chapeau de blédard, là le casque colonial. Légèrement voûté, déjà. Fréquents séjours algériens, tous les six mois il vient dîner rue d'Isly chez les Hocquart. Poisson au menu, Jourdain est allergique à la viande, rouge ou blanche. Visites marquantes, l'équilibre familial en est provisoirement mais profondément modifié, sans que le visiteur le veuille ou même qu'il s'en doute.

Glaïeuls pour la maîtresse de maison, marrons glacés pour le maître.

Jourdain

JORGE AMADO

Le cacao de toutes les promesses

Ce récit d'un fils de planteur conte la vie de Sergipano et s'interroge sur la possibilité de l'amour. Le roman oscille entre témoignage, documentaire et fiction, riche en enseignements sur le cacao. Ce « roman prolétaire » n'éclipse pas des pauses lyriques, où les cacaoyers sont loués pour leur beauté : « avec leurs fruits d'or ». Longeant la piste on découvre le défilé des cacaoyers.

La piste longeait un bras du fleuve. De l'autre côté on voyait des plantations. Des barques descendaient, chargées de sacs de cacao. Je montrai les arbres pliés sous le poids de fruits jaunes.

– C'est ça, le cacao, dis ?

– Tu connaissais pas ?

– Moi non plus, déclara le Cearense, c'est la première fois que j'en vois.

– Ben moi, j' suis né ici, j' suis du pays... Tous tant que vous êtes, quand vous vous amenez du Nord, vous pensez devenir riches, pas vrai ?

– Pas moi. Dès que la sécheresse s'améliore, je retourne dans mon bled.

– Et toi, le Sergipano ?

– Sais pas... J'étais ouvrier en usine, maintenant je vais être agricole...

Je me souvins de la phrase de Roberto :

– Mais un jour…
– Un jour quoi ? Tu vas devenir riche ?
– Sais pas…

Cacao,
traduit du portugais par Jean Orecchioni

JORGE AMADO

À l'ombre des cacaoyers en fruits

Le travail dans les plantations de cacaoyers est rude, et Jorge Amado nous permet d'approcher au plus près le rythme d'une plantation et la répétition de ses gestes. Le cacaoyer, arbre de la famille des Malvaceae, *genre* Theobroma, *atteint jusqu'à quinze mètres. On le plante par graines distanciées de deux à trois mètres. Sensible au vent, il pousse protégé par des bananiers, des marronniers ou des flamboyants et porte 10 000 à 20 000 fleurs : 1 % donnera un fruit. Le contraste est fort entre le prosaïsme des gestes et la poésie des cacaoyers.*

J'allai effectivement travailler avec Honorio. Nous étions nombreux sur l'immensité de la plantation. Les feuilles sèches de cacaoyer tapissaient le sol, où les serpents se chauffaient au soleil après les longues pluies de juin. Les fruits jaunes pendaient aux arbres comme des lanternes d'autrefois. Merveilleux mélange coloré qui rendait tout beau et irréel, sauf notre travail harassant. À sept heures, nous étions déjà en train d'abattre les cabosses de cacao, après avoir aiguisé nos couteaux « caïman » à la porte du magasin. À cinq heures du matin, le coup de gnole et l'assiette de haricots nous avaient donné des forces pour le travail de la journée.

Honorio m'apprit le métier. Nous étions bons camarades, à l'ombre caressante des cacaoyers, où le soleil ne pénétrait pas. Mes pieds commençaient à se recouvrir d'une croûte épaisse, formée par le miel de cacao, que les bains dans la rivière n'enlevaient pas, et grâce à quoi mettre une chaussure devenait un vrai supplice. Et j'appris peu à peu l'histoire de ce Noir gigantesque, aux yeux doux comme un agneau, aux dents rieuses et aux grosses mains d'assassin.

Cacao,
traduit du portugais par Jean Orecchioni

JORGE AMADO

Dans l'enfer des étuves

Il règne dans les étuves une chaleur infernale, une moiteur poisseuse, que Jorge Amado décrit avec sobriété. Le cacao suit diverses étapes : cueillette, écabossage, fermentation, séchage, nettoyage, décorticage, torréfaction, broyage et conchage. Il décrit les phases de fermentation et de séchage artificiel, réservé aux pays humides, où les fèves sont brassées puis passées à 50 °C. On découvre une « danse » particulière, sous le soleil de Satan.

Les barcasses longues et larges faisaient penser à un groupe de bêtes aux gueules béantes dormant au soleil. Les fèves séchaient. Nous, deux fois par jour, dansions dessus, une danse dans laquelle les pieds seuls remuaient. Le soleil brûlait les épaules nues. L'égouttoir, au fond, rectangle sale, par les ouvertures duquel s'écoulait un liquide visqueux, ressemblait à une ratière. Et, dominant tout, l'étuve, où le cacao séchait, les jours de pluie, au moyen du feu, avec son grand four. Lorsqu'il pleuvait, nous placions rapidement les couvertures de zinc sur les barcasses. Et en juin et juillet presque tout le cacao allait à l'étuve, car les jours de soleil devenaient rares.

L'étuve nous happait un à un et nous travaillions sous une chaleur infernale. L'enfer, même celui de la description des pères allemands de São Cristovão, ne pouvait être pire. Nous transpirions comme des damnés, et quand nous sortions de là, les pantalons « porte de boutique », trempés, nous nous précipitions dans la rivière.

Cacao,
traduit du portugais par Jean Orecchioni

SÉBASTIEN LAPAQUE

Le devenir des récoltes

Court voyage équinoxial *répond à un double dessein : « À l'éloignement dans l'espace, j'ai voulu associer l'éloignement dans le temps, en faisant retour sur une histoire brésilienne [...] mystérieuse et attachante. » Ces carnets regorgent d'informations sur les épices et le cacao, croisés à la faveur de la route transamazonienne. Sébastien Lapaque explique la faillite du « rêve d'une colonisation heureuse », sous l'impulsion des fermiers de la Bahia, qui ont provoqué la marginalisation des petits colons. Cette concentration foncière rappelle les latifundia.*

Comme tout vrai Brésilien, le vieux Sebastião, patriarche du *sitio* Laranjero, ne se tourne pas vers le passé. Il manifeste une surprenante confiance en l'avenir. J'hésite à lui demander pourquoi il arbore une casquette aux couleurs de José Serra, le candidat social-démocrate que Lula a battu au second tour de l'élection présidentielle quelques mois plus tôt. Je ne suis pas sûr que cette gapette de toile soit porteuse d'un message politique. Elle lui sert peut-être simplement à se protéger du soleil.

Après avoir quitté le *sitio* Laranjero, nous invitons deux autres personnes qui attendent au bord de la route à faire un bout de chemin avec nous. Des mulâtres cette fois-ci. Venus de la Bahia, métayers d'un domaine où ils ont planté 56 000 pieds de cacaoyers, Maria et M. évoquent tranquillement leur métier. Ils vont à Brasil Novo pour négocier la récolte à venir.

« L'avantage de l'Amazonie, par rapport à l'État de Bahia, c'est qu'il y a beaucoup d'eau. Ce qui posait problème, dans les premiers temps de la colonisation, c'est la vente de sa récolte. Mais c'est heureusement fini. Dans les agrovilles, il y a des comptoirs qui achètent le café, le cacao et le poivre à un bon prix.

[...]

« Nous ne sommes plus très nombreux à être là depuis le début. Les colons ont revendu leurs parcelles à des *fazendeiros* qui ont pu se constituer d'immenses domaines à bas prix. Facilement 2 000 à 3 000 ha, parfois beaucoup plus. Le rêve d'une colonisation heureuse de la forêt a duré dix ans, entre 1970 et 1980, lorsque se sont installés des petits colons qui ont pu planter, récolter et vendre du cacao ou du poivre dans de bonnes conditions. Ensuite sont arrivés de gros fermiers, de la Bahia ou du Rio Grande do Sul, qui leur ont proposé des sommes leur paraissant mirobolantes. Ces malheureux ont vendu leur terre et sont partis grossir les favelas à la périphérie des villes. Après quelques années, lorsqu'ils ont manqué d'argent, ils sont revenus travailler sur leurs anciennes terres... »

Court Voyage équinoxial

Le temps du chocolat

JOANNE HARRIS

Le bestiaire chocolaté de Pâques

Chocolat *campe la vie retirée et cloisonnée d'un petit village entre Bordeaux et Toulouse, Lansquenet-sur-Tannes. Vianne Roche et sa fille Anouk, six ans, décident de s'y installer et d'ouvrir* « La Céleste Praline », *une chocolaterie artisanale, en face de l'église Saint-Jérôme. Cette intrusion étrangère, doublée d'une invitation au plaisir, déclenche les foudres du curé Reynaud, scindant le village entre sectaires réfractaires et gourmands hédonistes. La romancière observe l'affairement autour de Pâques, ode au chocolat, source d'inventivité figurative réjouissant les enfants.*

Mardi 25 février

« Et maintenant ? » Il a la voix d'un garçon plus âgé, une attitude de bravade désinvolte et le menton barbouillé de chocolat. « Qu'est-ce que vous allez faire maintenant ? Pour la vitrine ?

– C'est un secret, répondis-je, tout en ajoutant de la crème de cacao au chocolat fondu que je remuais dans une cuvette en émail.

– Non, sérieusement, insista-t-il. Vous devriez faire quelque chose pour Pâques. Vous savez. Des œufs et d'autres trucs. Des poules en chocolat, des lapins, des machins comme ça. Comme dans les boutiques d'Agen. »

Je me les rappelle du temps de mon enfance, les chocolateries parisiennes avec leurs paniers d'œufs enveloppés de mince papier d'aluminium, leurs étagères de lapins et de poules, leurs cloches en chocolat, leurs fruits en pâte d'amandes et leurs marrons glacés, leurs amourettes et leurs nids en filigrane de métal remplis de petits fours et de caramels, et leurs mille et une épiphanies de voyages en tapis volant de sucre filé, plus adaptées à un harem d'Arabie qu'aux solennités de la Passion.

« Je me souviens de ma mère me racontant l'histoire des chocolats de Pâques. » Nous n'avions jamais assez d'argent pour acheter ces choses si raffinées, mais j'avais toujours droit à mon propre cornet-surprise, un cône en papier contenant mes cadeaux de Pâques, des pièces, des fleurs en papier, des œufs durs peints de vives couleurs émaillées, une boîte en papier mâché coloré – avec un décor de poules, de petits lapins, d'enfants souriant au milieu des boutons d'or, la même chaque année, qu'elle conservait avec soin pour l'année suivante – renfermant un minuscule sachet de raisins secs au chocolat enveloppés dans de la cellophane, chacun devant être savouré, longuement et languissamment, durant les heures perdues de ces nuits bizarres entre deux villes, avec les néons des enseignes d'hôtels qui clignotaient entre les lattes des volets et la respiration de ma mère, lente et comme éternelle, dans le silence ombreux.

Chocolat,
traduit de l'anglais par Anouk Neuhoff

Pâques : un rendez-vous du chocolat pour les enfants, qui reste scellé dans le festif car les sujets en chocolat sont bien plus onéreux qu'une modeste tablette. Patrick Roger, chocolatier parisien, a bousculé les stéréotypes de Pâques, inspiré par de plus amples sculptures en chocolat : détournant le passage obligé de l'œuf et de la poule, il propose des... œufs sur le plat, symboles d'une tradition qui sort de sa coquille. Quant à Pierre Hermé, il renoue avec les *origines* du chocolat, en un double sens, créant des masques Arts premiers depuis 2003 : masque de Bornéo, des peuples Kenya Kayan de l'île de Bornéo, en pure origine Java. Masque *Divinité des Sources* des collines moyennes du Népal en pure origine Java également. Ou masque Sénoufo : pure origine Ghana, statuette originaire de Côte d'Ivoire (Korogo). Quant aux « raisins secs au chocolat » de l'extrait, ils conversent avec une autre fantaisie populaire : les cacahuètes enrobées de chocolat, qu'on trouve dans le récit japonais de Yôko Ogawa, *L'Annulaire* (1999).

ROALD DAHL

Un anniversaire en or

Dans Moi, Boy, Souvenirs d'enfance *(paru en anglais en 1984, sous le titre* Boy, tales of Chilhood*), dans le chapitre intitulé « Chocolat », Roald Dahl (1916-1990) nous livre une part de la genèse de* Charlie et la Chocolaterie, *ouvrage qui témoigne à coup sûr de la grande passion des enfants pour le chocolat. La chocolaterie, lieu opaque de transformation du chocolat, concentre les fantasmes.*

Il réclamait désespérément quelque chose de plus nourrissant, de plus réjouissant que des choux et de la soupe aux choux. Mais ce qu'il désirait par-dessus tout, c'était du… CHOCOLAT.

En allant à l'école, le matin, Charlie pouvait voir les grandes tablettes de chocolat empilées dans les vitrines. Alors il s'arrêtait, les yeux écarquillés, le nez collé à la vitre, la bouche pleine de salive. Plusieurs fois par jour, il pouvait voir les autres enfants tirer de leurs poches des bâtons de chocolat pour les croquer goulûment. Ce qui, naturellement, était pour lui une véritable torture.

Une fois par an seulement, le jour de son anniversaire, Charlie Bucket avait droit à un peu de chocolat. Toute la famille faisait des économies en prévision de cette fête exceptionnelle et, le grand jour arrivé, Charlie se voyait offrir un petit bâton de chocolat, pour lui tout seul. Et à chaque fois, en ce merveilleux matin d'anniversaire, il plaçait le bâton avec soin dans une petite caisse de bois pour le conserver précieusement comme une barre d'or massif; puis, pendant quelques jours, il se contentait de le regarder sans même oser y toucher. Puis, enfin, quand il n'en pouvait plus, il retirait un tout petit bout de papier, du coin, découvrant un tout petit bout de chocolat, et puis il prenait ce petit bout, juste de quoi grignoter, pour le laisser fondre doucement sur sa langue. Le lendemain, il croquait un autre petit bout, et ainsi de suite, et ainsi de suite. C'est ainsi que Charlie faisait durer le précieux cadeau d'anniversaire qu'était ce petit bâton de chocolat à deux sous.

Mais je ne vous ai pas encore dit ce qui torturait plus qu'autre chose l'amateur de chocolat qu'était le petit Charlie. Et cette torture-là était bien pire que la vue des tablettes de chocolat dans les vitrines ou le spectacle des enfants qui croquaient leurs confiseries sous son nez. Vous n'imaginerez pas de plus monstrueux supplice :

Dans la ville même, bien visible depuis la maison où habitait Charlie, se trouvait une ÉNORME CHOCOLATERIE !

Imaginez un peu !

Et ce n'était même pas une chocolaterie ordinaire. C'était la plus importante et la plus célèbre du monde entier ! C'était la CHOCOLATERIE WONKA, propriété d'un monsieur nommé Mr. Willy Wonka, le plus grand inventeur et fabricant de chocolat du monde entier. Et quel endroit merveilleux, fantastique ! De grandes portes en fer, un haut mur circulaire, des cheminées crachant des paquets de fumée, d'étranges sifflements venant du fond du bâtiment. Et dehors, tout autour des murs, dans un secteur de près d'un kilomètre, l'air embaumait d'un riche et capiteux parfum de chocolat fondant !

Deux fois par jour, sur le chemin de l'école, puis au retour, le petit Charlie Bucket passait devant les portes de la chocolaterie. Et, chaque fois, il se mettait à marcher très très lentement, le nez en l'air, pour mieux respirer cette délicieuse odeur de chocolat qui flottait autour de lui.

Oh ! comme il aimait cette odeur !

Et comme il rêvait de faire un tour à l'intérieur de la chocolaterie, pour voir à quoi elle ressemblait !

Charlie et la chocolaterie,
traduit de l'anglais par Élisabeth Gaspar

Rares sont les enfances sans friandises ! La barre de chocolat, évoquant le lingot d'or, côtoyait jadis la clémentine ou l'orange. La comparaison avec l'or assimile le chocolat à un trésor, que l'on a peine à partager. Déguster le carreau de chocolat tient alors du rituel, et l'on s'y prend lentement, pour faire perdurer la sensation soyeuse. Le physicien-chimiste Hervé This, dans *Casseroles et éprouvettes*, remarque que le beurre de cacao, la matière grasse du chocolat, fond pour 75 % de ses composants entre 20 et 34 degrés, et pour près de 50 % entre 30 et 34 degrés, d'où la practicité du chocolat. Le chocolat est en effet constitué de matières grasses (pour 30 %) et de sucre (pour 60 %). Et Hervé This d'en conclure avec malice que ses propriétés physiques sont aussi fameuses que ses propriétés organoleptiques : « ses graisses si particulières » font qu'il « fond dans la bouche (37 degrés) mais pas dans la main (34 degrés) ». Il détourne ainsi un célèbre slogan publicitaire qui s'avère parfaitement rigoureux ! Cela explique en partie le succès de ce goûter-récompense, qui s'apparente pour l'enfant au trophée. Kinder invente la poule aux œufs d'or avec sa surprise ovoïde qui est alors cadeau superlatif. Le *Cocoa Research Insitute* du Nigeria aurait inventé un chocolat qui ne fond qu'à 50 degrés...

CLAUDE ROY

Le rituel de la tartine

Permis de séjour, *paru en 1983, rassemble poèmes et notes diverses de Claude Roy. À l'heure des bilans, on aime se rappeler les bonnes choses de la vie, profondes ou superficielles, sur lesquelles flotte souvent un parfum de chocolat. La tartine de chocolat râpé est un classique, propédeutique à la gourmandise enfantine et à ses futurs forfaits.*

Quand on vient d'apprendre à monter à bicyclette, dans la côte qui descend entre Saintonge et Gondeville, se laisser aller pour la première fois sans freiner, « à toute vitesse », soixante ans plus tard, revenir, et constater que la côte est toute douce, et que le *vertigineux* se passait dans la tête du petit garçon.

À tue-tête et à claire voix l'alouette lulu qui chante, quasi immobile dans le ciel. Et presque ne pas la voir, tant la lumière est vive. Ou bien : voir pour la première fois (et la dernière aussi), à Oakland, le moucherolle à queue en ciseaux.

Le premier matin de printemps où on découvre dans le bois un parterre d'iris sauvages, leur bleu profond sur le vert aux couleurs des charpentes des palais de Chine. Le coucou chante au loin, et un couple de tourterelles des bois roucoule.

En revenant de l'école, à quatre heures, Rose m'a fait une grande tartine avec beaucoup de beurre sur lequel elle sème un parterre de chocolat râpé. Quand j'ai fini, elle essuie les moustaches que je me suis faites, de gras et de choco.

« La main sur l'épaule »,
in *Permis de séjour (1977-1982)*,
© Éditions Gallimard, 1983

Le quatre heures laisse à penser que le chocolat a ses saisons (Pâques, Noël, le Jour de l'An, les anniversaires) comme son rythme quotidien : au petit déjeuner, et/ou à quatre heures. À l'instar du café, on note cependant qu'il n'est plus consommé dans les pays d'origine (dans *Cacao* de Jorge Amado, les travailleurs des plantations de Bahia boivent du lait de coco, du tafia – guildive –, eau-de-vie grossière à base de mélasses, et la famille du directeur de la plantation affectionne pour le petit déjeuner « un bon café au lait, du pain, du fromage, du riz au lait, du tapioca », mais pas de chocolat).
La tartine tient du rituel, combinant deux fondants : celui du chocolat et celui du beurre. Alain Ducasse salue le chocolat, « authentique et bénéfique caméléon de la pâtisserie et de la gourmandise », dans la « tartine taillée dans une miche de pain, où la lame d'un large couteau étalait une bonne couche de beurre frais au goût de noisette », où l'on « râpait une poignée de chocolat noir », en hommage à la « révélation [enfantine] que le bonheur peut se savourer à petites bouchées ». Bruno Verjus, dans *Tous en cuisine* (2005), livre sa recette favorite intitulée *Pain & chocolat*, prise aux Catalans : un carreau de chocolat sur pain toasté avec sel et huile d'olive. La tartine version Sud. Albert Cohen, dans *Le Livre de ma mère*, met au panthéon de ses souvenirs d'enfance « les goûters de pain et de chocolat », au même titre que les « gelées de coing », les « ours en peluche », les « dindes de Noël »

ou les « plumes sergent-major ». Quant aux « moustaches » laissées par le cacao, elles sont revanche symbolique de l'enfant sur le monde des adultes, l'intronisant par l'épreuve qualifiante de la gourmandise. Il s'élève alors pour un temps à la sagesse des aînés, l'espièglerie en plus.

LOUIS PERGAUD

Un repas d'enfants

Publié en 1912, La Guerre des boutons *est un récit d'aventures où les héros sont des enfants, âgés de dix à quatorze ans. Dans les parlures orales de ces enfants, le lecteur retrouve une fraîcheur et une spontanéité. Les enfants agissent ici en vrais compagnons soudés, aptes à répartir le pain... et le chocolat, qui ne s'effraie pas de côtoyer des sardines en boîte, du sucre en morceaux, des pommes et une bouteille de goutte. Leurs cigares sont en fait des bouts de clématite, témoignant du désir de singer l'univers des adultes. Les pratiques autour du chocolat diffèrent...*

– Tout à l'heure, régla Lebrac, le vin et la gniaule c'est pour la fin, pour le cigare.

– Au chocolat, maintenant !

Chacun eut sa part, les uns en deux morceaux, les autres en un seul. C'était le plat de résistance, on le mangea avec le pain; toutefois, quelques-uns, des raffinés, sans doute, préférèrent manger leur pain sec d'abord et le chocolat ensuite.

Les dents croquaient et mastiquaient, les yeux pétillaient. La flamme du foyer, ravivée par une brassée de brandes, enluminait les joues et rougissait les lèvres. On parlait des batailles passées, des combats futurs, des conquêtes prochaines, et les bras commençaient à s'agiter et les pieds se trémoussaient et les torses se tortillaient.

C'était l'heure des pommes et du vin.

– On boira chacun à son tour dans la petite casserole, proposa Camus.

Mais La Crique, dédaigneusement, répliqua :

– Pas du tout ! Chacun aura son verre !

Une telle affirmation bouleversa les convives.

– Des verres ! T'as des verres ? Chacun son verre ! T'es pas fou, La Crique ! Comment ça ?

– Ah ! ah ! ricana le compère. Voilà ce que c'est que d'être malin ! Et ces pommes pour qui que vous les prenez ?

La Guerre des boutons

UN RITUEL MATINÉ D'ENFANCE

Le chocolat adoucit la guerre

PIERRE PÉJU

Dans la compagnie du chocolat

Dans Le Rire de l'ogre, *les chemins de Paul, jeune adolescent français, et de Clara, fille d'un ancien médecin de la Wehrmacht, ne cessent de se croiser pour mieux s'éloigner ensuite. Le passé et les horreurs de la Seconde Guerre mondiale n'en finissent pas d'avoir des résurgences parfois inattendues et douloureuses. Les récits et les voix s'entrelacent. Clara, délaissée par sa mère, est contrainte d'accompagner son père chez les patients où, en hiver, l'attend un chocolat chaud.*

Je fus d'abord contrariée d'être privée de ma solitude toute fraîche. Les rues de Kehlstein, les berges de la rivière, la route de la forêt. Accroupie sur un versant de la montagne, je voyais au-dessus de moi la fumée blanche des cheminées : je pensais à mes camarades d'école autour de la table familiale. Personne ne savait où j'étais. Je mordais dans une pomme. La nuit tombait. J'étais bien. Mais j'ai tout de suite compris qu'en restant avec mon père, souvent taciturne, je ne perdais rien de cette solitude. Assise à sa droite quand il conduisait, je me laissais aller à la rêverie, la tempe contre la vitre. Il lui arrivait de tenir des propos énigmatiques. Je croyais qu'il me parlait, mais il parlait seul.

Je crois que ses patients me considéraient comme une sorte de « porte-bonheur ». L'enfant-talisman. En hiver, on m'offrait du chocolat chaud. En été, de l'eau fraîche, du pain et du fromage. Je ne restais jamais longtemps assise sur une chaise. J'allais faire le tour de la maison. Chaque détail se gravait dans ma mémoire. Discrète et leste comme un chat, je me glissais partout, on finissait par m'oublier. J'étais fascinée par tout ce que je voyais.

Le Rire de l'ogre

Y a-t-il une saison du chocolat? Il apparaît ici comme une nourriture roborative, permettant d'affronter sereinement le froid. Dans l'imaginaire collectif occidental, le chocolat chaud concentre des fantasmes, au sortir d'une balade glaciale : antidote psychique, il campe un combat du chaud contre le froid, un retour à l'espace du dedans : « dehors était l'hiver, dedans, quelque chose qui ressemblait, peut-être, au bonheur » (Michel Onfray). Dans nombre de textes, cet espace du dedans est confirmé par la présence de la mère, qui prépare le chocolat. Aux vertus reconstituantes du chocolat, il faudrait ajouter des sèmes affectifs. On goûte tout autant des propriétés organoleptiques qu'un souvenir et une sensation d'intégration pleine à la sphère familiale. Nietzsche, qui croyait aux vertus toniques du chocolat, en prenait un Van Houten tous les matins à cinq heures, puis un thé, et confiait à sa mère en 1887 ses menus à l'*Albergo d'Italia*.

PIERRE RICHARD

Privé de chocolat

Dans Le Petit Blond dans un grand parc *(1989), Pierre Richard offre un récit de ses souvenirs d'enfance, marqués par la guerre. Écartelé entre un grand-père immigré italien fantasque et imprévisible, et un grand-père polytechnicien rigide et aristocrate, le jeune Pierre oscille entre « baisemain et braconnage ». Un ami de son père, Prunier, l'initie à « la saveur des pommes, l'odeur de l'herbe brûlée ». Polenta à la sauce tomate, perdreau, profiteroles, tartes à la cassonade ponctuent son enfance. Sa sensualité se double d'une vraie éducation du goût, autour des vins et du Cheval Blanc. Depuis, sa gourmandise est restée intacte : « trois mois sans blanquette » lui paraissent « insupportables », et il se damnerait pour une truffe noire ou du chocolat. Vigneron il produit du corbières : Château Bel Évêque. Il conte ici la frustration de chocolat qui lui file sous le nez.*

Nous ralentîmes enfin dans une campagne au centre de la France, près du Mans. Là, mon grand-père stoppa la caravane, comme John Wayne en tête de ses cavaliers; il estimait sans doute que l'Allemand n'irait pas plus loin. C'est à l'entrée de ce petit village, quelque temps plus tard, que je rencontrai mon premier Allemand. On se souvient toujours de son premier Allemand.

En fait, ils étaient deux, moi j'étais seul. Je les vis arriver en side-car tels des centaures motorisés, évanescents, dans une brume de chaleur qui nimbait la route.

Ils s'arrêtèrent à ma hauteur et me dévisagèrent derrière de grosses lunettes empoussiérées.

– Gutt morning. Ah ! Ah ! Ah !...

J'étais sur le qui-vive !

Le conducteur avait un fusil en bandoulière.

Tout à coup, l'autre, engoncé dans son cockpit, extirpa avec difficulté – et me la ficha sous le nez – une barre de chocolat énorme.

À sept ans, la bouche pleine, je devenais le plus jeune collaborateur. Toutefois, je n'eus pas le temps de les renseigner sur les divers mouvements de Résistance dans la région, ni sur l'état des colonnes blindées françaises, car ma mère débarqua, tremblante d'angoisse, et m'arracha à la compagnie de mes nouveaux camarades de jeux.

– Paper, paper, répétaient-ils obstinément à ma mère, épouvantée, et qui n'en avait pas.

Ils parlaient sans doute du papier de chocolat que j'avalais goulûment...

– Auviderzen... Et les voilà repartis avec de grands sourires à la conquête de la Gaule.

Sitôt disparus derrière un virage, ma mère, qui ne les quittait pas des yeux, me décocha ma première gifle à bout portant et m'obligea à recracher le chocolat, car elle avait ouï dire que les Allemands distribuaient aux enfants des bonbons empoisonnés.

Sur ces entrefaites, le gros de la troupe se pointant, elle me fit rentrer à la maison et c'est derrière les carreaux que je vis une tonne de chocolat me passer sous le nez au pas de l'oie, en rangs serrés, sans que je puisse intervenir.

Le Petit Blond dans un grand parc
Publié par les éditions Olivier Orban en 1989

L'épisode conté par Pierre Richard ne manque pas de burlesque : il avait six ans, et courait alors le bruit que les friandises offertes aux enfants pouvaient être empoisonnées. On retrouve les traits diaboliques latents de la gourmandise, et le lien potentiel entre plaisir et Thanatos. En cette période de guerre, nul doute que la tablette de chocolat devait incarner tous les fantasmes d'un enfant. Les adultes s'y réfugient aussi, comme dans *Waltenberg* d'Hedi Kaddour, où un personnage du roman, Lazare, écrit en 1914 d'un blockhaus à sa femme : « Les gourmandises que je préfère sont tout d'abord les biscuits et les cakes, puis le chocolat, le miel, les oranges et les bonbons acidulés. » Guillaume Apollinaire, dans ses *Lettres à Lou*, avoue avoir « pris d'assaut une pâtisserie » et conte le Menu de Noël 1914 : « À l'appel [...] deux barres de chocolat [...] ; à 10 h ½ repas : lapin, salade avec œufs durs et anchois, gruyère, confiture, cigare et café. » On retrouve cet attrait dans les orphelinats, où il charrie un réconfort affectif, comme le note Michel Onfray : « La barre de chocolat était le seul luxe, bien qu'elle fût des plus abrasives. » Pour lui « le chocolat est la boisson des instants forts d'une existence, un breuvage quintessencié ». Pierre Richard confie, lui, toujours commencer la journée par un bol de chocolat chaud. Petit déjà, il parcourait avec sa grand-mère dix-huit kilomètres à bicyclette pour passer la frontière belge depuis Valenciennes jusqu'à Notre-Dame de Bon Secours. Au prix d'une rude côte, ils arrivaient dans une boutique où ils achetaient du Côte d'Or, alors introuvable en France. N'étant « pas très café », il préfère un bol de chocolat chaud avec de croustillantes tartines grillées au beurre salé : le Grand Blond tire indéniablement son esprit d'enfance des vertus du chocolat au lait...

ELSA TRIOLET

Du chocolat pour cent sous

Elsa Triolet écrivit Le Cheval blanc *à Nice en 1941-1942. Le héros, Michel Vigaud, vit à Paris. Il aime les femmes. Noyé dans les vapeurs de l'alcool, il vient de passer la nuit avec Lucie, femme de son ami Alfredo. Dégrisé, il se retrouve rue Pigalle. Les effluves d'une confiserie plongent le personnage dans un monde ouaté, marqué par une sensualité féminine latente.*

Michel entra dans une petite confiserie. M-m-m... ça sentait bon le chocolat. La vendeuse vint au-devant de lui. Elle était fardée comme une star de cinéma, ses mains étaient blanches, avec des ongles très longs et manucurés à la perfection. « Petite chocolatière, dit Michel, je possède cent sous, donnez-moi ce que je peux avoir de plus avantageux pour cette somme.

– Un beau gosse comme vous, et fauché ? » La vendeuse se mit tout près de lui.

« Fauché et affamé ! Je crois que je ferais mieux de garder vingt sous pour le pain... Qu'en pensez-vous ? Alors, quatre francs de chocolat... » Ce ne fut qu'après maintes hésitations que Michel choisit le Gala Peter, deux tablettes. Il paya et sortit au grand regret de la chocolatière.

Le Cheval blanc

ROLAND DORGELÈS

Un ingrédient incongru

Roland Dorgelès (1886-1973), engagé volontaire, connaît bien l'horreur de la guerre 14-18 qu'il dépeint dans Les Croix de bois *(1919). Dans l'enfer des tranchées, les poilus essaient néanmoins de sauver le rire lorsque de rares situations s'y prêtent. « L'ancien cuistot » vient de passer les pouvoirs à Bouffioux, marchand de chevaux dans le civil. De nombreux soldats lui donnent des conseils culinaires saugrenus, histoire de s'amuser un peu et de varier le « rata ». Bouffioux finit par se méfier quand on lui suggère d'ajouter du chocolat à cette recette collective.*

– Ce sera fameux, affirme Vairon, qui fait déjà claquer sa langue d'un air de gourmandise.

– Tu crois ? demande Bouffioux vaguement inquiet.

– Probable, approuvent tous les autres avec ensemble. T'as rien mis de mauvais dedans... De la viande, des patates, du lait pour adoucir, des poireaux, du vin, du lard d'Amérique, pour graisser un peu, du riz, pour lier la sauce, des biscuits. C'est du bon, tout ça.

Bouffioux, soucieux malgré tout, soulève le couvercle et flaire le mélange.

– J' sais pas si c'est une idée, mais ça sent drôle.

– Pourquoi que ça sentirait drôle ? proteste Sulphart qui veut s'en mêler.

Et écartant les autres, il vient humer à son tour le fumet de notre dîner.

– Ça donne faim, affime-t-il avec un aplomb scandaleux. Tu goûtes pas ?

Vairon, sans se faire prier, puise dans le chaudron avec son quart et en sort une sorte de pâte épaisse et violâtre dont la seule vue lève le cœur. Il goûte lentement, à petites gorgées de gourmet.

– C'est fameux, fait-il. Sans charre, c'est pépère ; seulement – et il semble chercher un moment – on dirait tout de même qu'il manque…

– Quoi, éclate Bouffioux, tu vas pas dire qu'il manque encore quelque choe !

– J' dis pas, seulement à mon idée, un petit peu de chocolat râpé dans ce fricot-là, ça ne ferait rien de sale…

Tous les dos se courbent ; ils étranglent de rire, ils étouffent, ils n'en peuvent plus. Mais cette fois, le cuistot résiste. Il hausse les épaules en relevant son pantalon à deux mains, d'un geste de dandy.

– Du chocolat dans d' la soupe, ça s' rait jamais vu. Tu m' prends pour un c…

– Dans d' la soupe qu'il dit, l'enfifré ! s'exclame Sulphart. Ce que c'est de la soupe, d'abord ? Et puis moi, hein, j' m'en colle. Mais si t'étais si marle que ça, c'était pas la peine de venir me chercher avec Broucke pour t'aider à faire la croûte. Une autre fois, tu ne m'auras plus…

Toute la bande approuve Sulphart, et Fouillard flétrit en trois mots crus la noire ingratitude de son successeur :

– Il t' donne un bon conseil et tu l'envoies ch… T'as tout d' la vache.

– Mais non, braille Vairon, il sait tout mieux que tout le monde…

Un des cuistots haussa les épaules :

– Ils sont tous les mêmes. Ça ne sait rien foutre et ça ne veut écouter personne. Demande voir aux gars de mon escouade si je leur fais du riz au chocolat maous…

– Mais c'est pas du riz, se défend encore Bouffioux, plus mollement, c'est du rata.

– Ça ne fait rien, intervient le cabot. T'as tort de t'obstiner. Du chocolat, c'est toujours bon… Ce soir, je becqueterai à ton escouade, tiens, tu m' feras une part…

Cette fois encore le marchand de chevaux, abruti, se résigne avec une docilité de poivrot. Sortant son couteau, il râpe deux barres de chocolat dans son rata qui bout, tandis que derrière son dos Broucke mime une danse canaque, en brandissant sa hachette.

En bousculade, les autres sortent, étouffant de rire, pliés, bégayant, et laissent Bouffioux tout seul devant son chaudron.

Les Croix de bois

Le chocolat adoucit l'enfance

ROALD DAHL

Souvenirs d'enfance

Dans Moi, Boy, Souvenirs d'enfance, *Roald Dahl livre la genèse de* Charlie et la chocolaterie *dans le chapitre intitulé « Chocolat ». Cette autobiographie permet de saisir l'inspiration de l'histoire de Charlie Bucket (1964), qui fut portée deux fois à l'écran : par Mel Stuart en 1971, puis par Tim Burton en 2005. Cet extrait témoigne des fantasmes que génère le chocolat sur un jeune garçon.*

De temps à autre, chacun d'entre nous se voyait attribuer une boîte en simple carton gris, et c'était, figurez-vous, un cadeau de la grande chocolaterie Cadbury. La boîte contenait douze barres de chocolat, toutes de tailles différentes et fourrées différemment, portant chacune un numéro, de un à douze, gravé dans le chocolat sur la surface postérieure. Onze des barres étaient de nouvelles inventions de la fabrique. La douzième était la barre « de contrôle » que nous connaissions bien, en général un Cadbury à la crème de café. Dans la boîte se trouvait également une feuille de papier, comportant des numéros de un à douze ainsi que deux colonnes, l'une où l'on notait chaque barre de un à dix, l'autre réservée aux commentaires.

Tout ce que l'on nous demandait en échange de ce merveilleux cadeau, c'était de goûter chaque barre avec soin, de lui donner une note et d'écrire un commentaire intelligent indiquant pourquoi nous l'aimions ou ne l'aimions pas. C'était une habile opération : Cadbury se servait des plus grands experts en chocolat du monde pour tester ses nouvelles inventions. Nous étions d'un âge raisonnable, entre treize et dix-huit ans, et possédions une connaissance approfondie de tous les chocolats possibles et imaginables, depuis les paillettes au lait jusqu'aux fourrés au citron. De toute évidence, nos opinions sur toutes les nouveautés dans ce domaine seraient de la plus grande valeur. Nous nous lançâmes tous dans ce jeu avec le plus vif enthousiasme. Assis dans nos salles d'étude, nous grignotions chaque barre en prenant des airs de connaisseur, lui donnant une note accompagnée de commentaires. « Trop subtil pour un palais ordinaire », je me souviens avoir écrit un jour.

Pour moi, le plus important, c'était que je commençais à me rendre compte que les plus grandes fabriques de chocolat possédaient réellement des « laboratoires de recherche » et qu'elles prenaient leurs inventions très au sérieux. J'imaginais une longue pièce blanche, avec des chaudrons pleins de chocolat, de caramel et une foule d'autres mélanges délicieux bouillonnant sur des fourneaux, tandis que des hommes et des femmes en blouses blanches circulaient de chaudron en chaudron, goûtant, mélangeant, concoctant leurs merveilleuses trouvailles.

Je me voyais moi-même travaillant dans un de ces labos et, un beau jour, je mettais au point une friandise d'un goût si délicieux que je l'empoignais au creux de ma main, sortais du labo, me ruais dans le couloir, et me précipitais droit chez M. Cadbury en personne. « Je l'ai trouvé, monsieur ! hurlais-je en posant le chocolat devant lui. C'est fantastique ! Fabuleux ! Prodigieux !

Irrésistible! » Lentement, le grand homme ramassait entre mes doigts le chocolat que je venais d'inventer, en prenait une petite bouchée, la faisait rouler dans sa bouche. Et brusquement, il bondissait de son fauteuil en criant : « Vous avez réussi! Vous avez trouvé! C'est un miracle! » Il me donnait une grande claque dans le dos et se remettait à vociférer : « Nous en vendrons des millions! Nous allons inonder le monde entier! Comment avez-vous réussi un tel exploit? Je double votre salaire! »

C'était grisant de s'abandonner à ce genre de rêveries et je sais pertinemment que, trente-cinq ans plus tard, à la recherche d'une histoire pour mon deuxième livre d'enfants, je me rappelai ces petites boîtes en carton gris et les chocolats nouvellement inventés qu'elles contenaient, et je commençai à écrire un livre appelé : « Charlie et la Chocolaterie ».

Moi, Boy, Souvenirs d'enfance
traduit de l'anglais par Janine Hérisson
© Éditions Gallimard, 1985

Le premier à fonder une chocolaterie à Paris fut David Chillon, un ancien page de la reine mère Anne, que Louis XIV autorise à commercialiser le chocolat sous toutes ses formes, grâce à un « privilège exclusif pour vingt-trois ans ». Il peut ainsi « fabriquer, faire vendre et débiter dans toutes les villes du Royaume une certaine composition qui se nomme chocolat, faite en liqueur, ou en pastilles ou toute autre ». En 1682, lors des goûters, on apprécie déjà le cacao à Versailles, source de curiosité et de dépaysement pour les trois mille personnes ayant « bouche à la cour », et le mot « chocolatière » est apparu

en 1671. On le trouve sous la plume de Mme de Sévigné dans les correspondances adressées à sa fille, où elle abonde en conseils diététiques.
En 1705, une charge de Chocolatier de la Reine est créée, pour sublimer l'or de Moctezuma et le faire mousser avec art. La première chocolaterie industrielle française date, elle, de 1770, sous l'appellatif *Chocolats & Thés Pelletier et C.*; Van Houten ouvre à Amsterdam en 1815 et Cailler en Suisse en 1819, suivi par Suchard à Neufchâtel. Les usines Menier datent, elles, de 1824. La société Cadbury citée ici réalise la première barre de chocolat en 1842. Quant au chocolat au lait, il faut attendre Daniel Peter pour le mettre au point en 1875 avec du lait en poudre.

ROBERT SABATIER

Complicité gourmande autour d'une cuisson

Les Allumettes suédoises *constitue le deuxième volume de Robert Sabatier sur les cinq consacrés au « Roman d'Olivier » qui présente l'autobiographie romancée de l'auteur. Olivier, âgé de dix ans et déjà orphelin, vit rue Labat, à Montmartre dont, en enfant curieux et espiègle, il essaie de percer les secrets, en compagnie de ses camarades et, tout particulièrement, de son ami Loulou Capdeverre. Certaines scènes éveillent la gourmandise de l'enfant…*

Le jour déclinant, Virginie alluma le lustre à tulipes. Elle débarrassa la table demi-ronde de quelques paquets et essuya la toile cirée, puis elle tira du buffet une grosse tablette de chocolat à cuire dont elle écarta le papier vert orné d'une guirlande de médailles d'or et celui en étain. Elle tendit un couteau de cuisine à Olivier.

Tu râperas le chocolat sur l'assiette… Non, tout doucement. Hé ! n'en mange pas trop…

Quand la poudre fut prête, elle la délaya dans l'eau bouillante en écrasant les grumeaux contre la paroi de la casserole. Le chocolat au cacao avait une bonne odeur. Quand on le cassait, ses bords apparaissaient plus clairs, avec une surface mamelonnée.

La cuisson devenait un rite : Virginie faisait tourner le liquide avec une cuillère en bois en ajoutant le lait crémeux par légères quantités, puis elle saupoudrait de farine de riz. Quand elle jugeait le chocolat assez onctueux elle y faisait couler des gouttes d'anis ou de l'extrait de café. Un agréable parfum se répandait. Olivier disait miammiam en se léchant les lèvres. Ils s'accusaient de gourmandise et Virginie dépliait le paquet de brioches au beurre qu'on beurrait encore.

Les Allumettes suédoises

Cette cuisson du chocolat chaud, enrichie de farine de riz qui l'épaissit, s'inspire de pratiques anciennes. On râpe le chocolat pour ne pas le dénaturer par une cuisson trop forte : il fond ainsi instantanément. La boisson de Moctezuma, boisson des dieux et des Mayas, suivait ce rituel : on grille les fèves de cacao, puis on les pile à l'aide de pierres. À la poudre obtenue on ajoute de l'eau (*atl* « eau »), puis on fouette avec vigueur pour faire mousser. Alors on ajoute de la farine de maïs, du piment, du musc, du miel, ou de la cannelle, des graines d'achiote, du poivre et du girofle. Brillat-Savarin le prise à l'ambre. Dans *Candide* de Voltaire, le héros s'extasie à Venise devant « deux filles jolies et proprement mises » qui servent « du chocolat qu'elles f[ont] très bien mousser ». Après son mariage avec Louis XIII, Anne d'Autriche n'hésitera pas à ramener sa molina d'Espagne pour battre son chocolat à la cannelle.

MICHEL TOURNIER

Une ossature chocolat

Le Médianoche amoureux *(1989) met en scène le couple de Nadège et Yves qui sont sur le point de se séparer. Ils organisent un médianoche avec des amis au cours duquel les histoires racontées les rapprocheront à nouveau : « La littérature comme panacée pour les couples en perdition... » L'un de ces contes relate la création du « pain vertébré » en terre bretonne. Qu'est-ce qui peut bien constituer la vertèbre ?*

Gaël et Guénaële eurent un petit garçon qu'ils appelèrent Anicet avec l'espoir que ce prénom parfumé l'aiderait à se faire une place dans leur corporation. Ils ne furent pas déçus, car c'est lui qui – à l'âge de cinq ans – suggéra à sa mère l'idée qui devait imposer le pain vertébré. Il lui suffit pour cela de manger à quatre heures une brioche avec un morceau de chocolat. Sa mère qui l'observait tenant d'une main sa brioche, de l'autre son morceau de chocolat, se frappa le front et se précipita dans le fournil de la boulangerie. Elle venait de songer que l'os, la vertèbre, le dur du pain vertébré pouvait être constitué par une barre de chocolat.

Le soir même, la boulangerie de Plozévet mettait en vitrine les premiers petits pains au chocolat de l'histoire. Ils devaient bientôt conquérir le monde et faire la joie de tous les enfants.

Joe Dassin, en 1968, entonnait *Le P'tit pain au chocolat*, s'ouvrant sur « Tous les matins il achetait / son p'tit pain au chocolat », où le conteur tombe amoureux de sa boulangère. Se mariant, ils font naître une génération de gourmands : « des tas de petits gosses / se remplissant les poches / de p'tits pains au chocolat ». L'atmosphère de la boulangerie, aux effluves de levure et de brioches, s'imprégnait d'érotisme. Dans l'extrait de Michel Tournier, on assiste à une genèse fantaisiste du pain au chocolat. Il travaille l'analogie entre la barre chocolatée et la colonne vertébrale. Le « pain vertébré » est devenu depuis très familier, rituel du quatre heures ou du petit déjeuner. Les viennoiseries, issues de pâtes feuilletées et levées, datent du siècle des Lumières : on retrouve le pain au chocolat dans le *Dictionnaire* de Jaucourt (1780).

BÉATRICE COMMENGÉ

Un chocolat chaud au café

En 1989, Béatrice Commengé, née à Alger, publie Le Ciel du voyageur. *Le héros, Vincent, est préoccupé par « la lumière dans le ciel » et les « imperceptibles changements que le temps laisse sur le visage des jeunes filles ». Cette acuité et cette propension à analyser l'infime se retrouvent dans ses esquisses psychologiques : l'enfant au chocolat chaud incarne ici un monde encore épargné. La liberté du langage qui relance les donnes, révélant une logique autre, s'oppose aux crispations de la mère. En quelques phrases, toute l'ambiance d'un café est posée, et les diverses boissons campent des univers étanches.*

J'ai posté ma lettre à Vincent. Avec un peu de chance, il pourrait la recevoir lundi – jour de l'enterrement. Le samedi, la rue s'éveille plus tard. Je suis descendue vers neuf heures, juste au moment où mon cadran solaire commençait à dessiner le temps sur la moquette. J'aime l'atmosphère des cafés le matin. Entre le ballon de rouge, le petit noir et le grand crème. J'écoute. Mon livre reste ouvert à la même page. J'occupe une petite table d'angle – toujours la même. J'ignore si on me reconnaît car je m'attache à prendre l'air de quelqu'un qui vient pour la première fois. Mes visites sont assez irrégulières pour cela. Ce matin, j'ai noté le mot d'un enfant blond qui buvait son chocolat chaud en face de sa mère quelque peu agitée : « J'ai des crispations nerveuses », lui dit-elle, comme pour s'excuser d'un comportement qu'il n'avait sans doute pas remarqué. « Des crises de passion nerveuse ? » répète-t-il, interrogatif. Du coup, j'ai plongé le nez dans mon livre, sans attendre la réponse. Je continue à lire pour Vincent. L'Arioste. *Orlando furioso*. À cause de Galilée qui, paraît-il, le connaissait par cœur.

Le Ciel du voyageur

JONATHAN COE

Gâteau au chocolat et friandises

Tabitha Winshaw a chargé le jeune Michael Owen de rédiger la chronique de son illustre famille qui a marqué la vie sociale anglaise dans la seconde moitié du XXe siècle. Le narrateur de Testament à l'anglaise *(1995)* (What a carve up) *évoque quelques-uns de ses propres souvenirs d'enfance. On le retrouve quelques années plus tard après la rencontre avec son éditeur et ami Patrick. C'est une rare mention du chocolat au lait employé dans la confection des pâtisseries, à rebours du « chocolat à cuire ». La littérature ne cite généralement que des gâteaux au chocolat noir. Quant au second passage, il montre que le chocolat est un en-cas plaisant et pratique, constituant un déjeuner impromptu et nutritif.*

[...] Je fis semblant de ne pas avoir entendu, et je fixai avec de si grands yeux la dernière part de gâteau au chocolat que ma mère me la tendit sans un mot, en mettant ironiquement un doigt devant la bouche comme une conspiratrice. C'était mon troisième morceau. Maman n'employait jamais du chocolat à cuire ordinaire : elle mettait toujours du bon chocolat au lait dans ses gâteaux.

[...]

Ma rencontre avec Patrick avait duré plus longtemps que prévu, et j'arrivai presque en retard à Vanity House. J'avais espéré déjeuner quelque part en chemin, mais je n'en eus pas le temps, et je dus donc me contenter d'avaler encore du chocolat. J'essayai une de ces nouvelles barres appelées Twirls : des spirales de chocolat croustillant recouvertes d'une riche substance crémeuse et succulente. Pas mal, en fait, même s'ils avaient du culot de la prétendre « nouvelle », alors que sa conception devait beaucoup au Ripple – qui paraissait plus ferme, cependant, plus consistant et plus nourrissant. J'avais également acheté une tablette de Maltesers, mais je n'eus pas envie de l'ouvrir.

Testament à l'anglaise,
traduit de l'anglais par Jean Pavans

PIERRE GAMARRA

Le cartable ou la synthèse olfactive

Pierre Gamarra est né à Toulon en 1919, dans une famille basque languedocienne. On le présente volontiers avec humour comme un « Occitan de langue française ». Journaliste, il a aussi dirigé la revue littéraire Europe. *Sa poésie pour la jeunesse a reçu un accueil enthousiaste, pour sa fraîcheur et sa simplicité, notamment dans les recueils* Le Mandarin et la Mandarine, Des Mots pour une Maman. *« Mon cartable » est extrait de* Mon Cartable et autres poèmes à réciter. *Hymne enfantin à un cartable-malle aux trésors, chargé de toute la vie affective d'un enfant, ce poème témoigne de la connivence gourmande avec le monde.*

Mon cartable a mille odeurs,
mon cartable sent la pomme,
le livre, l'encre, la gomme
et les crayons de couleurs.

Mon cartable sent l'orange,
le bison et le nougat,
il sent tout ce que l'on mange
et ce qu'on ne mange pas.

La figue, la mandarine,
le papier d'argent ou d'or,
et la coquille marine,
les bateaux sortant du port.

Les cow-boys et les noisettes,
la craie et le caramel,
les confettis de la fête,
les billes remplies de ciel.

Les longs cheveux de ma mère
et les joues de mon papa,
les matins dans la lumière,
la rose et le chocolat.

« Mon cartable », in *Mon Cartable et autres poèmes à réciter*

JEAN-JACQUES SEMPÉ ET RENÉ GOSCINNY

Une montagne de chocolat

Impossible de dissocier l'enfance de la lecture des aventures du Petit Nicolas. *Les enfants sont à la merci de la bienveillance de leurs parents, pour leur dispenser un peu de douceurs. Mais lorsqu'ils détiennent un peu d'argent, c'est alors une mine synonyme de débauche sucrée.*

À la récré, pendant que les autres jouaient, Alceste m'a tiré par le bras et il m'a demandé ce que j'allais faire avec mon argent. Je lui ai dit que je ne savais pas; alors il m'a dit qu'avec les dix francs, je pourrais avoir des tas de tablettes de chocolat.

– Tu pourrais en acheter cinquante! Cinquante tablettes, tu te rends compte? m'a dit Alceste, vingt-cinq tablettes pour chacun!

– Et pourquoi je te donnerais vingt-cinq tablettes, j'ai demandé; le billet, il est à moi!

– Laisse-le, a dit Rufus à Alceste, c'est un radin!

Et ils sont partis jouer, mais moi je m'en fiche, c'est vrai, quoi, à la fin, qu'est-ce qu'ils ont tous à m'embêter avec mon argent?

Mais l'idée d'Alceste était très bonne, pour les tablettes de chocolat. D'abord, j'aime bien le chocolat, et puis je n'ai jamais eu cinquante tablettes à la fois, même chez Mémé, qui me donne pourtant tout ce que je veux. C'est pour ça qu'après l'école, je suis allé en courant dans la boulangerie, et quand la dame m'a demandé ce que je voulais, je lui ai donné mon billet et je lui ai dit : « Des tablettes pour tout ça, vous devez m'en donner cinquante, m'a dit Alceste. »

La dame a regardé le billet, m'a regardé moi, et elle a dit :

– Où as-tu trouvé ça, mon petit garçon ?

– Je l'ai pas trouvé, j'ai dit, on me l'a donné.

– On t'a donné ça pour que tu achètes cinquante tablettes de chocolat ? m'a demandé la dame.

Joachim a des ennuis

ALBERT COHEN

Le trésor caché

En 1952, Albert Cohen a refusé un poste d'ambassadeur en Israël pour se consacrer entièrement à la littérature. En 1967, il remet Belle du Seigneur *à Gallimard, manuscrit-fleuve qu'il faut écourter pour atteindre un volume raisonnable. Cette gourmandise verbale, ogresque, cette « démesure baroque » se retrouvent dans les thèmes du roman, où la nourriture est omniprésente. Cette « fresque de l'éternelle aventure de l'homme et de la femme », au « grotesque rabelaisien », acerbe face aux milieux diplomatiques, multiplie les descriptions de réceptions en 1935-1936. L'héroïne, Ariane d'Auble, mariée à Adrien Deume, s'ennuie de la SDN et du quotidien routinier. Solal la séduit et la fascine. Habituée à peupler sa solitude, Ariane dévide de longs soliloques. On retrouve dans ses rêves l'obsession du chocolat, consolation et refuge de l'enfance.*

De nouveau dans le lit, elle heurta sa jambe qu'il retira aussitôt. Blottie du côté du mur, elle ferma les yeux. La cache avec Éliane dans le jardin de Tantlérie, censément le trésor de l'île déserte. Le trou qu'on avait creusé, près d'un arbre, avec des repères secrets notés dans la Bible d'Éliane. On avait enfoui des morceaux de verre, du papier de chocolat, dessous, des bonbons, un ours en chocolat, un anneau de rideau censément une alliance de mariage pour quand elle serait grande.

Après, on s'était disputées, elle avait donné un coup de poing sur le nez à Éliane et puis on s'était réconciliées et on avait profité du sang qui avait coulé du nez pour écrire un document tragique censément après le naufrage du trois-mâts le Requin, on avait ramassé le sang dans une cuillère à thé, on avait trempé la plume dedans, et on avait écrit à tour de rôle. Elle avait écrit qu'elle n'ouvrirait le trésor de l'île déserte que le jour de son mariage et qu'elle remettrait l'alliance à son cher mari.

Belle du Seigneur

Le chocolat chaud : un foyer ardent

JOANNE HARRIS

Concorde autour d'un breuvage

Chocolat stigmatise les mœurs de province et condamne l'étroitesse d'esprit qui débouche sur des cloisonnements stériles. Mme Voizin choisit l'heure du déjeuner pour se rendre à la « Céleste Praline », où le détail de la carte des chocolats chauds la projette dans des souvenirs d'enfance. Sensible à la délicatesse de la confiserie, elle renoue avec le plaisir et sa concentration. Le chocolat ouvre des territoires mentaux insoupçonnés.

Vendredi 21 février

À l'heure du déjeuner, j'ai reçu une autre visite. Je l'ai reconnue tout de suite malgré le vilain pardessus masculin qu'elle affectionne, le minois fripon de pomme d'hiver sous le chapeau de paille noir, les longues jupes noires par-dessus les lourdes bottes.

« Madame Voizin ! C'est vrai, vous aviez dit que vous passeriez ! Laissez-moi vous préparer quelque chose à boire. » Les yeux brillants de la vieille dame parcouraient la boutique d'un air appréciateur. Je la sentais qui notait le moindre détail. Son regard vint à se poser sur le menu d'Anouk :

Chocolat chaud	10 F
Chocolat espresso	15 F
Chococcino	15 F
Moka	12 F

Elle hocha la tête en signe d'approbation. « Cela fait des années que je n'ai pas vu une boutique comme ça. J'avais presque oublié que ce genre d'endroit existait. » Il y a une énergie dans sa voix, une vigueur dans ses mouvements, qui démentent son âge. Un pli d'humour se dessine sur sa bouche. Il me fait penser à ma mère. « J'adorais le chocolat dans le temps », déclara-t-elle.

Tandis que je lui servais un grand verre de moka en ajoutant à la mousse une goutte de kahlua, elle inspecta les tabourets de bar avec une certaine méfiance.

[...]

« *Mmmmm.* » Elle avait fermé les yeux pendant qu'elle goûtait le breuvage. Son plaisir était presque effrayant.

« C'est du vrai de vrai, n'est-ce pas ? » Elle se tut un moment, plissa ses yeux brillants pour se concentrer. Il y a de la crème et... de la cannelle, je crois... et puis quoi d'autre ? Du Tia Maria ?

– Pas loin, répondis-je.

– Ce qui est défendu a toujours meilleur goût de toute façon, déclara Armande en essuyant avec satisfaction la mousse qui lui ourlait les lèvres. Mais ça – elle rebut une gorgée, goulûment –, c'est meilleur que tout ce dont je me souviens, même du temps de mon enfance. Je parie qu'il y a dix mille calories là-dedans. Ou même encore plus.

– Pourquoi est-ce que ce serait défendu ? » J'étais curieuse. Petite et ronde comme une perdrix, Armande, contrairement à sa fille, ne semble pas du genre à surveiller sa ligne.

« Oh, les docteurs ! répondit Armande d'un air agacé.

Vous savez comme ils sont. […] Elle s'interrompit pour aspirer une autre gorgée avec sa paille. Oh, ce que c'est bon. Si bon… »

Chocolat,
traduit de l'anglais par Anouk Neuhoff

COLETTE

Le bien-être d'un chocolat chaud

Colette, grande gourmande de truffes, habituée au Grand Véfour *du Palais Royal a écrit* Claudine à Paris *(1901) et* Claudine en ménage *(1902) en collaboration avec Willy, son premier mari. Quelle part attribuer à l'un ou à l'autre ? Quoi qu'il en soit, l'ode au chocolat qui s'élève dans les premiers* Claudine *ne cesse de resurgir tout au long de l'œuvre de Colette, dans* La Retraite sentimentale, *dans* La Maison de Claudine, *dans* Les Heures longues, *et finit par s'allier à celles du café et du thé dans* Paris de ma fenêtre. *« Le bon matin », formule clausulaire, résume à elle seule les bienfaits du chocolat.*

Le chocolat matinal fume entre nous deux, et le poêle ronfle. Malgré les chaises anglaises au dossier inhospitalier, malgré les dressoirs Mapple et le nickel Kirby, la longue salle à manger est restée provinciale, Dieu merci, un peu sombre et sérieuse : une seule fenêtre et beaucoup de placards pour les liqueurs, l'épicerie et les confitures... On dut autrefois y manger beaucoup, pieusement. Nous sommes toutes petites là-dedans, Annie en saut-de-lit bleu, moi en laine rose à manches de moine, les cheveux brouillés et les idées claires, car le matin ramène en mon être bien portant une allégresse remuante, l'appétit joyeux de m'attabler devant une journée à peine entamée...

Le chocolat embaume, un soleil d'argent joue dans ma tasse, Renaud va mieux et sa lettre projette des voyages, des fugues au soleil, des gâteries égoïstes, pour eux tout seuls… Le bon matin, le bon matin !

La Retraite sentimentale

RACHID O.

Échange thé à la menthe contre chocolat chaud

De nationalité marocaine, le narrateur a été marqué dans Chocolat chaud *(1998) par l'influence de sa nourrice Lalla, gouvernante de Noé, petit Français du même âge que lui. La famille de Noé quitte le Maroc, mais Lalla continue à inculquer la langue française au narrateur et à lui parler de Noé. Ainsi les liens d'amitié continuent-ils à se tisser. Dans l'extrait suivant, chocolat et thé résument les civilisations respectives de deux enfants.*

[...] Je n'avais jamais pensé que d'autres garçons que je voyais sur les postes de télé pouvaient me rappeler Noé ou simplement me faire l'imaginer à partir de leurs silhouettes, jusqu'au jour où j'ai dû entrer dans le magasin Hitachi tellement l'image m'était forte, attiré à l'intérieur pour mieux entendre et voir.

Le garçon au torse nu et complètement échevelé qu'on voyait sur l'écran se réveillait, je suis incapable de dire par quoi j'étais réellement marqué à ce point-là, c'est juste que je le voyais tenir son bol de chocolat chaud qu'une femme venait de lui proposer. C'était évidemment un film. Le chocolat débordait autour de sa bouche. Une chose était sûre, c'est que je n'avais jamais été autant frappé avant par ce que je voyais. Du coup, j'ai compris que son matin n'était pas comme le mien, que ma boisson, le thé à la menthe, et le pain trempé dans le beurre fondu, j'avais l'impression qu'ils résumaient ma culture, je n'en pouvais plus du thé à la menthe. Quelques jours plus tard, je me suis levé aux aurores, avant que ma Lalla me prépare mon petit déjeuner. Je n'avais pas prévu le moment où je me trouverais nez à nez avec elle. Comment le lui demander, lui expliquer que ce matin je voulais du chocolat chaud ? Je pensais que pour elle ça devait être normal, que sûrement elle en avait déjà préparé à Noé petit, et imaginer tout ça m'émouvait. En voyant la tête qu'elle a faite, j'ai vite changé d'avis et me suis contenté de mon thé à la menthe sans qu'elle ait besoin de dire quoi que ce soit. J'avais l'impression qu'elle me prenait pour un Martien. Et l'image du garçon au chocolat chaud ne me sortait pas de la tête. Tout me ramenait à Noé, et ce qui me différenciait de lui n'était que le chocolat chaud.

Chocolat chaud

Le chocolat chaud et le thé à la menthe sont à l'opposite, creusant un différend culturel entre le Nord et le Sud. Ils campent des sèmes associés antagonistes : la volupté et l'opulence contre la spiritualité et la sobriété. Leur densité les sépare aussi : liquide onctueux contre fluidité évanescente.

ALEXANDRE DUMAS

Le chocolat ambré : un exercice de raffinement

Le Grand Dictionnaire de cuisine d'Alexandre Dumas, *qualifié de « cathédrale gastronomique », est l'œuvre d'un gourmand : son volume n'a d'égal que l'appétit légendaire de son auteur, qui y consacra les trois dernières années de sa vie. Son édition complète date de 1873. On ne s'étonnera pas de son amitié avec l'un des plus grands cuisiniers de l'époque : Vuillemot. Il reprend ici les propos de Brillat-Savarin, féru de chocolat à l'ambre.*

Laissons parler lui-même l'illustre gastronome :

« C'est ici le vrai lieu, dit-il, de parler des propriétés du chocolat à l'ambre, propriétés que j'ai vérifiées par un grand nombre d'expériences, et dont je suis fier d'offrir le résultat à mes lecteurs.

Or donc, que tout homme qui aura bu quelques traits de trop à la coupe de la volupté ; que tout homme qui aura passé à travailler une portion notable du temps qu'on doit employer à dormir ; que tout homme d'esprit qui se sentira temporairement devenu bête ; que tout homme qui trouvera l'air humide, le temps long et l'atmosphère difficile à porter ; que tout homme qui sera tourmenté d'une idée fixe qui lui ôtera la liberté de penser ; que tous ceux-là, disons-nous, s'administrent un bon demi-litre de chocolat ambré, à raison de soixante-douze grains d'ambre par demi-kilogramme, et ils verront merveilles.

Dans ma manière particulière de spécifier les choses, je nomme le chocolat à l'ambre *chocolat des affligés* parce que, dans chacun des divers états que j'ai désignés, on éprouve je ne sais quel sentiment *qui leur est commun* et qui ressemble à l'affliction. »

Grand Dictionnaire de cuisine

Brillat-Savarin nommait ce chocolat tonique le *chocolat des affligés* (à ce sujet, voir plus loin les vertus médicamenteuses du chocolat, p. 132). Marier le chocolat à l'ambre aurait de quoi dérouter les fanatiques de chocolat noir amer mono-origine, mais non Richelieu, qui mâchait des pastilles ambrées, ni Sade, qui prônait les « compotes à l'ambre », ou Huysmans avec ses « crèmes ambrées au chocolat » dans *À rebours*. Pierre Hermé retente l'alliance avec de l'ambre alimentaire. Il conjugue chocolat au lait (Melissa de François Pralus) et fruits de la passion, chocolat blanc, marron et thé matcha. Selon lui, il n'existe pas d'alliances interdites, seulement une justesse à trouver. Ainsi, il achoppe sur l'association chocolat/poivre vert. Le chef Pierre Gagnaire marie le chocolat au poivron confit, kumquat et framboise, mais aussi à l'orange, céleri confit, pour déjouer le monopole du « despote » en l'entourant de « farfadets, de fous, d'équilibristes ». Le chef japonais Hisayuki Takeuchi crée des desserts chocolat blanc, foie gras et thé matcha. Quant au chef Alain Passard, il ne s'offusquerait pas de la « macreuse au chocolat » d'Alexandre Dumas ni des « oignons cuits recouverts de cacao » des Futuristes : il propose un tiramisù salé espiègle – une mousse de topinambour, de panais et de rutabaga au speck, poudrée d'un nuage de cacao, ou encore une trilogie de carottes avec une sauce Araguani de Valrhona. Mais aussi un avocat chocolat Guanaja/pistache ou Guanaja/huile d'argan, dessert favori de M. Troisgros. Pour lui, le chocolat « est un rendez-vous, une invitation, une vraie rencontre » qu'on polit comme un défi amoureux. Quant au nez de Jean Patou, Jean-Michel Duriez, il pousse le raffinement jusqu'à composer avec Éric Fréchon en 2006 des dégustations-olfactions d'un *Sablé au Guanaja, glace café*, qu'on savoure tout en humant sous des cloches d'argent des fragrances de cuir.

CASANOVA

Chocolat chaud et hédonisme

Dans Histoire de ma vie *(1822), J. Casanova de Seingalt prône des amours libertines. Son amour de la chair rencontre la gourmandise de la table : « J'ai aussi aimé la bonne table avec transport [...], les mets au haut goût. » Pâté au macaroni, morue de Terre-Neuve, gibier au fumet, fromages et chocolat chaud hantent les lignes de ces confessions, où érotisme et éducation du goût se rejoignent dans l'hédonisme. On apprend que Casanova aimait le chocolat à la mode aztèque, soit vigoureusement battu jusqu'à ce qu'il écumât.*

Cette fille de dix-huit à vingt ans, qui de très bonne foi parut devant moi en corps avec son sein ferme et blanc plus qu'albâtre, découvert tant qu'il pouvait l'être, m'émut, et elle s'en serait aperçue si, en s'en doutant, elle m'avait regardé. M'étant remis je lui ai dit d'avoir soin de tout mon linge avec toute la diligence possible sans croire que j'aime le meilleur marché. Elle me répondit qu'elle en aurait donc soin toute seule si je n'étais pas pressé. Je lui ai répondu qu'elle serait la maîtresse de me faire rester chez elle tant qu'il lui plairait, et elle ne fit la moindre attention à cette explication. Je lui ai dit que j'étais content de tout, hormis du chocolat que j'aimais battu et écumeux, et elle me répondit qu'elle le ferait elle-même.

– Dans ce cas, lui dis-je, je vous donnerai dose double, et nous le prendrons ensemble.

Elle me dit qu'elle ne l'aimait pas.

– Mais vous aimez le foie d'oie ?

– Beaucoup, et aujourd'hui j'en mangerai avec vous à ce que mon père m'a dit. Vous avez apparemment peur de rester empoisonné ?

– Point du tout. Tout au contraire, je désire que nous mourions ensemble.

Histoire de ma vie, 1822

BRILLAT-SAVARIN

Des bienfaits du repos

Anthelme Brillat-Savarin intellectualise le discours gastronomique dans la Physiologie du goût *(1825), le truffant de réflexions scientifiques ou empiriques. En dépit du ton héroï-comique, le message de sagesse gourmande reste sérieux, pour celui qui considérait que « la découverte d'un mets nouveau fait plus pour le bonheur du genre humain que la découverte d'une étoile ». La préparation du chocolat chaud ne saurait donc se passer de précisions, usant de l'argument d'autorité de la science. Le respect de sa cuisson tient de la loi prescriptive.*

En cet état, la chimie transcendante nous a appris qu'il ne faut ni le racler au couteau, ni le broyer au pilon, parce que la collision sèche qui a lieu dans ces deux cas amidonise quelques portions de sucre, et rend cette boisson plus fade.

Ainsi, pour faire du chocolat, c'est-à-dire pour le rendre propre à la consommation immédiate, on en prend environ une once et demie pour une tasse, qu'on fait dissoudre doucement dans l'eau, à mesure qu'elle s'échauffe, en la remuant avec une spatule de bois ; on la fait bouillir pendant un quart d'heure, pour que la solution prenne consistance, et on sert chaudement.

« Monsieur, me disait, il y a plus de cinquante ans, madame d'Arestrel, supérieure du couvent de la Visitation à Belley, quand vous voudrez prendre du bon chocolat, faites-le faire, dès la veille, dans une cafetière de faïence, et laissez-le là. Le repos de la nuit le concentre et lui donne un velouté qui le rend bien meilleur. Le bon Dieu ne peut pas s'offenser de ce petit raffinement, car il est lui-même tout excellence. »

Physiologie du goût, 1825

ANDRÉ GIDE

Fossé culturel

Les Nouveaux Prétextes *d'André Gide (1869-1951) furent publiés en 1911. Le propos est nourri de ses nombreux voyages, en Europe et en Afrique. Le goût du polissage avec l'ailleurs, l'impératif de la contemplation du monde, et la liberté de l'artiste imprègnent l'ouvrage. Sa route le mène en Espagne, où, dans la tradition des impressions de voyage, il compare les pratiques culinaires. La découverte du chocolat chaud épais et épicé, et de pâtisseries ressemblant aux* natas *ne fait pas légion… Ces petites tartelettes à la pâte feuilletée sont une apologie du sucré et du gras, avec 6 œufs pour 3 dl de crème, 100 g de sucre et cannelle !*

À Saint-Sébastien, sur la place, nous nous fîmes servir du chocolat espagnol, épais et fortement aromatisé de cannelle ; on le sert dans de petites tasses, bien trop petites à mon gré. J… prétend ne pouvoir souffrir le chocolat à l'espagnole ; elle demande donc un chocolat « à la française ». On lui apporte presque aussitôt de ce chocolat, oui, du même ; mais la tasse est beaucoup plus grande, et J… le déclare excellent. M… consent au chocolat espagnol, mais prend les gâteaux à l'œuf en horreur. Et comme je m'irrite à les voir toutes deux si résignées ou résolues à ne goûter à ce pays que par les yeux ou, tout au mieux, du bout des lèvres, en enfonçant mes dents dans cette pâte huileuse et grumeleuse et safranée, je crus mordre à même l'Espagne ; ce fut affreux.

Nouveaux Prétextes

MADAME DE SÉVIGNÉ

L'indispensable chocolatière

Le chocolat et Mme de Sévigné (1626-1696) sont indissociables, et l'histoire a retenu leur alliance ambivalente, vraie relation passionnelle entre attraction et méfiance. Sa prolixe relation épistolaire avec sa fille ne manque pas de mentions à ce breuvage, traces précieuses pour juger de la réception du chocolat en France. C'est aussi l'une des premières occurrences du mot dérivé « chocolatière » (1671). Souvent tripodes pour la stabilité, assorties d'un moussoir et d'un manche, en argent, cuivre, or, vermeil ou porcelaine, ces objets sont d'une élégance altière. On buvait le chocolat dans de délicates tasses trembleuses, nichées dans des soucoupes.

Je viens de recevoir tout présentement votre lettre de Nogent. Elle m'a été donnée par un fort honnête homme, que j'ai questionné tant que j'ai pu. Mais votre lettre vaut mieux que tout ce qui se peut dire. Il était bien juste, ma bonne, que ce fût vous la première qui me fissiez rire, après m'avoir tant fait pleurer. Ce que vous mandez de M. Busche est original; cela s'appelle des traits dans le style de l'éloquence. J'en ai donc ri, je vous l'avoue, et j'en serais honteuse, si depuis huit jours j'avais fait autre chose que pleurer. Hélas! je le rencontrai dans la rue, ce M. Busche, qui amenait vos chevaux. Je l'arrêtai, et tout en pleurs je lui demandai son nom; il me le dit. Je lui dis en sanglotant : « Monsieur Busche, je vous recommande ma fille, ne la versez point ; et quand vous l'aurez menée heureusement à Lyon, venez me voir et me dire de ses nouvelles. Je vous donnerai de quoi boire. » Je le ferai assurément, et ce que vous m'en mandez augmente beaucoup le respect que j'avais déjà pour lui. Mais vous ne vous portez point bien, vous n'avez point dormi ? Le chocolat vous remettra. Mais vous n'avez point de chocolatière ; j'y ai pensé mille fois. Comment ferez-vous ?

Lettre du 11 février 1671
Correspondance

UNE POLITESSE QUI NE SE FAIT PAS PRIER

L'exercice de la galanterie

ALBERT COHEN

Le gâteau de ménage

À l'approche de sa mort, en 1981, Albert Cohen confie qu'il n'y a d'engagement que dans l'amour : « seul cet amour donné et reçu m'importe ». Belle du Seigneur *montre les ravages de la passion, et analyse le « délire sublime des débuts ». Étudiant la fascination amoureuse des débuts et ses mécanismes, Albert Cohen note tous les motifs de cristallisation. Ariane, triomphale dans l'amour, joue la comédie de la parfaite femme de maison. Cette reconnaissance passe par l'inévitable gâteau au chocolat, prenant valeur de synecdoque de son investissement amoureux. Reprendre de ce gâteau, c'est se nourrir de sentiments projetés.*

Infinis entretiens, armistices d'amitié qui la rassuraient et lui étaient preuves que leurs liens étaient d'âme et non seulement de corps, délice toujours nouveau de parler d'eux-mêmes, de briller, d'être intelligents et beaux et nobles et parfaits. Deux comédiens occupés à se plaire, se produisant et paradant, pensait-il une fois de plus, mais peu lui importait, c'était exquis, et tout d'elle le charmait, et même son sourire d'enfant modèle devant le photographe lorsqu'il lui faisait compliment sur sa beauté, et même son parler genevois le charmait, ses septante et ses nonante. Il l'aimait.

Un matin, elle l'invita à venir dîner chez elle à huit heures. Ce fut leur premier repas ensemble. Si fière d'avoir tout préparé toute seule, fière surtout de son potage à l'oseille, gravement apporté à table. Aimé, c'est moi qui l'ai fait du commencement à la fin, c'est de l'oseille du jardin, je l'ai cueillie ce matin. Charmée de nourrir son homme, émue par l'image de cette épouse et servante sagement dispensant le potage, une louche à la main. Plaisir de le voir manger. Elle se sentait femme d'intérieur et s'admirait. Elle l'admirait aussi. Good table manners, se disait-elle en le considérant. Plaisir aussi de jouer à l'épouse raisonnable. Comme il demandait une troisième tranche de gâteau au chocolat, non, mon chéri, c'est trop, dit-elle sentencieusement. Ce même soir, il se fit une très légère coupure au doigt. Si contente alors de le soigner, de mettre de la teinture d'iode, de lui faire un pansement sur lequel elle déposa ensuite un baiser, en bonne mère.

Belle du Seigneur

J.M.G. LE CLÉZIO

Des offrandes

Dans Ourania, *en mission au Mexique, un géographe, Daniel Sillitoe, découvre la République utopique de Campos. La part onirique n'existe que pour mieux révéler des pans de réalité à l'état brut, dénoncer « le regard indécent des étudiants et des chercheurs, des anthropologues comme on dirait des anthropophages ». Pour la première rencontre avec Lili de la Lagune, la prostituée, Sillitoe offre du chocolat en cadeau. Le chocolat figure peu après à nouveau au rang des cadeaux. Raphaël Zacharie relate la création du jardin de Campos, où pousse « la mère du Cacao » qui appartient à la phytothérapie traditionnelle pour « sécher les démangeaisons. »*

Je n'ai rien pu lui dire. Lili fume en silence, et quand elle a fini, elle écrase la cigarette du bout de sa chaussure et elle se lève pour recevoir les cadeaux que j'ai apportés pour sa grand-mère (une boîte de biscuits aux *marshmallows*, un litre et demi de soda, une tablette de chocolat Carlos Quinto achetés chez Don Jorge, à l'entrée du quartier des Parachutistes). Elle va au fond de la maison chercher une deuxième chaise, une toute petite chaise en bois comme celles dont se servent les Indiens, et nous restons assis au soleil.

Nous sommes plus étrangers l'un à l'autre que si nous étions nés sur des planètes différentes. Pourtant je me sens bien avec elle. Elle a commencé à me répondre, elle a une voix légère, une voix fraîche et jeune, un peu moqueuse. Elle me parle de sa grand-mère qui ne sort jamais de chez elle, qui dort le jour au fond de son alcôve, elle parle des enfants du quartier, qui travaillent à la décharge ou dans les champs de fraisiers, et que les camions viennent prendre chaque matin avant l'aube.

[...]

J'entre sans faire de bruit, mais elle devine ma présence, elle sent ma chaleur, mon odeur. Elle crie de sa voix hargneuse : « Qui est-ce ? » Je n'ai jamais dit mon nom, j'imagine qu'elle ne s'en souviendrait pas. Je dis : « L'ami de Liliana. » Je dépose mes offrandes sur ses genoux, les biscuits à la guimauve qu'elle aime, du pain sucré, du chocolat noir. Doña Tilla ne remercie pas. Elle ne dit pas un mot, elle ne me demande jamais pourquoi je viens, ce que je cherche. Elle reste assise sur sa petite chaise, ses vieilles mains noircies posées sur son giron, pour retenir mes cadeaux dans son tablier. Ses jambes sont striées de veines noueuses, ses pieds aux ongles en griffes sont à moitié enfilés dans des tongs.

Ourania

Sociabilité gourmande et vélocité

MICHEL ONFRAY

Une affinité élective

Michel Onfray et Denis Mollat se retrouvent autour d'un dîner, parlant musique, littérature, vins et voyages. Amphitryon est proche et les deux gourmets évoquent Yquem et son mythe. Au moment du dessert, ils recherchent l'alliance parfaite autour d'une glace miel et chocolat. Quel accord magnifierait cette dégustation ? Yquem 1979. Un Maury, un Pedro Ximenez ou un Rimage de Collioure du D. Parcé auraient aussi été de fiers compagnons.

Affinités électives, donc : lorsque apparut la glace au miel et au chocolat, Denis Mollat me demanda ce que je souhaitais : quel flacon ? Je suis fou de chocolat autant que de vins et n'aspire à gâcher ni l'un ni l'autre par un champagne ou un porto. De l'eau. Pour sa part, Denis Mollat m'invita à lui faire confiance, à le suivre dans son désir d'affinité singulière et désigna au sommelier, sur la carte, une bouteille en s'inquiétant de sa température et de sa capacité à être bue dans l'heure. Quelques instants plus tard, à l'autre bout de la salle, entre les mains de l'épouse du patron, tétanisé, je reconnus l'étiquette de la bouteille qu'on avançait. J'eus envie de m'enfuir, de quitter la table, de parler, de protester, de refuser. C'était Yquem, bien sûr, 1979.

Était-ce le moment ? Y avait-il opportunité ? Je me sentais dans l'état d'inquiétude de qui s'est longuement préparé pour une occasion dont, soudain, la venue semble prématurée. N'avais-je pas, en parlant d'Yquem, sollicité des dépenses somptueuses et une magnificence hors de propos ? Comment reculer, esquiver, remonter le temps pour n'avoir pas à connaître cet état déstabilisant ? J'avais imaginé mille occasions pour ce jour unique, toutes plus différentes les unes que les autres, toutes associées à des faits singuliers, rêvés, construits comme des cathédrales. J'avais pensé fêter un événement à la dimension. Et c'est l'événement qui lui-même devenait une fête.

La Raison gourmande

MADAME DE SÉVIGNÉ

Une réaction versatile

Dans ses Lettres *(1646-1696), Mme de Sévigné témoigne des considérations capricieuses de l'époque sur le chocolat. Sujet de louanges ou de critiques, il est cependant un vrai thème de conversation dans les salons. Ici, elle le diabolise et l'accuse de tous les maux, montrant qu'il n'est pas encore pleinement reconnu comme fortifiant.*

Le chocolat n'est plus avec moi comme il était; la mode m'a entraînée, comme elle fait toujours. Tous ceux qui m'en disaient du bien m'en disent du mal. On le maudit; on l'accuse de tous les maux qu'on a. Il est la source des vapeurs et des palpitations; il vous flatte pour un temps, et puis vous allume tout d'un coup une fièvre continue, qui vous conduit à la mort. Enfin, mon enfant, le Grand Maître, qui en vivait, est son ennemi déclaré; vous pouvez penser si je puis être d'un autre sentiment. Au nom de Dieu, ne vous engagez point à le soutenir, songez que ce n'est plus la mode du bel air. Tous les gens grands et moins grands en disent autant de mal qu'ils disent de bien de vous; les compliments qu'on vous fait sont infinis.

Lettre du 15 avril 1671
Correspondance

ANDRÉ GIDE

En attendant l'ouverture

Qu'acheter en voyage à l'étranger, quand vous ressentez une légère nostalgie quant à vos habitudes alimentaires ? Le journal d'André Gide, dans Nouveaux Prétextes, *est sans hésitation : le chocolat mérite qu'on se poste pour attendre l'ouverture des boutiques en Espagne.*

Vendredi

Levé trop tôt; mes compagnons ne sont point prêts et la voiture ne doit venir nous prendre qu'à six heures. Dehors; le ciel déborde déjà d'allégresse; l'air est acide et frais comme un sorbet. Qu'il fait clair! Sur la place on saigne un cochon aux cris aigres; un cheval s'ébroue dans le gave; les premières boutiques s'ouvrent où je peux acheter du chocolat, des biscuits et de la poudre insecticide. À six heures et quart nous partons.

Merens; huit heures.

Bol de café au lait; le fromage de Roquefort remplace le beurre, et pas désagréablement.

Nouveaux Prétextes

ALBERT COHEN

Mondanités et gloutonnerie

Belle du Seigneur *est sans pareil pour croquer les tics langagiers des conversations mondaines et stigmatiser les travers logiques des propos. Le comique naît du décalage entre la maîtrise, le respect des civilités et l'irrésistible gourmandise qui contrarie la retenue. Les traits satiriques se font féroces devant les apories, la gloutonnerie humanisant toutefois ces silhouettes. Car qui résisterait face au chocolat ?*

Une fois les valises bouclées, tu les descendras, ces chauffeurs réclament des pourboires insensés pour les descendre, mets-les dehors, pour nous avancer. Écoute, non, pas dehors, c'est risqué. Dans le vestibule, tout près de la porte. Allons, dépêche-toi, un peu de nerf, s'il te polaît.

– Ze dois faire la vaisselle aussi ?

– En dernier, si tu as le temps, oui, mais attention de ne pas t'éclabousser.

– Tu sais, z'ai imperméabilisé les étiquettes des valises, cas de pluie. Ze les ai imperméabilisées en les frottant avec une bouzie.

– C'est très bien, va maintenant, ne reste pas à baguenauder, occupe-toi un peu. Débarrasse vite la table vu que nous avons besoin d'un peu de tranquillité pour causer entre dames. Mais tu laisseras les gâteaux. Servez-vous, chère. Encore un japonais ou une meringue ? Moi ce sera un baba au rhum, c'est mon faible.

Pendant que M. Deume desservait, les deux amies engloutirent avec des sourires une quantité étonnante de gâteaux tout en causant du sermon à deux voix de dimanche passé. C'était une bonne idée pour attirer la jeunesse, dit Mme Deume. Après un troisième éclair au chocolat, Mme Ventradour approuva. C'était bien un peu osé, ces sermons à deux voix, mais enfin elle n'était pas contre les innovations raisonnables.

Belle du Seigneur

ALBERT COHEN

Faire le bien

On peut offrir des chocolats comme on s'offre sa bonne conscience. Albert Cohen montre que le cadeau entre parfois dans des logiques de don et contre-don. Ce retour attendu n'est pas forcément matériel, on gagne alors en échange des faveurs ou un service à rendre. Le chocolat règle alors des conduites et tisse des liens tacites. Pouvoir sur l'autre, le sucré sait gagner les mœurs.

[...]

Il eut un petit ricanement de plaisir et pensa avec sympathie à ce brave Vermeylen et à sa grosse montre en acier. Pas veinard, le pauvre Vermeylen, brave type vraiment, il l'aimait bien. Dès demain, il lui enverrait une grande boîte de chocolats fins, le plus grand format. Vermeylen serait ravi de les déguster en compagnie de sa pauvre tuberculeuse de femme dans leur sombre petite cuisine. C'était agréable de faire le bien. Il se frotta les mains à la pensée du plaisir qu'aurait Vermeylen, ouvrit un autre dossier.

Belle du Seigneur

ALBERT COHEN

Les facettes du chocolat

Cette logorrhée d'Ariane, dans Belle du Seigneur, *où la ponctuation disparaît sous le flot ininterrompu de paroles, ouvre sur un propos libéré, sans le contrôle des bienséances et de la raison. Discours pulsionnel, émotif, où le chocolat devient objet d'étude passionnée. C'est une rare occurrence du lien érotisé unissant la femme et les chocolats, retranscrit du point de vue féminin. La description fait songer à une parade autour de la ganache convoitée : repérage, observation, attaque, dégustation. Une chasse au chocolat.*

[...] oh une belle femme nue qui serait en même temps un homme pas bien ça ou plutôt oui je oui je descendrai je ferai scandale à table je l'insulterai je dirai ce qu'il a fait je lui lancerai une carafe à la tête oui qui serait en même temps un homme j'aimerais fumer un cigare une fois pour voir attention c'est un vilain mot je veux pas le dire j'ai envie de le dire non je le dirai pas ne le dirai pas tralala j'aimerais un bonbon au chocolat quand j'en mange un je le regarde avant de le mettre dans la bouche le mettre dans la bouche je le tourne de tous les côtés et puis je le mange un peu et puis je recommence je le regarde je le tourne de tous les côtés et puis crac je remords remords les cadeaux qu'il m'apporte son bon sourire et moi souvent méchante demander à Dieu un coup de main pour être épouse modèle oh le regard chien quand il commence à être chien quand il me regarde sérieux soucieux chien myope avec des intentions [...]

Belle du Seigneur

Du rite familial à l'espace social

BRILLAT-SAVARIN

Vertus médicamenteuses du chocolat

Brillat-Savarin, qui cumule les réflexions scientifiques ou médicales, se penche sur les vertus digestives du chocolat, et sur ses pouvoirs fortifiants, reconstituants et euphorisants. On découvre avec humour qu'à chaque état émotif, qu'à chaque disposition physique, correspond une prescription de chocolat. Le chocolat chaud à l'ambre est alors la panacée. Quittant la sphère familiale, il relève de la santé publique !

Quand on a bien et copieusement déjeuné, si on avale sur le tout une ample tasse de bon chocolat, on aura parfaitement digéré trois heures après, et on dînera quand même... Par zèle pour la science et à force d'éloquence, j'ai fait tenter cette expérience à bien des dames, qui assuraient qu'elles en mourraient ; elles s'en sont toujours trouvées à merveille, et n'ont pas manqué de glorifier le professeur.

Les personnes qui font usage du chocolat sont celles qui jouissent d'une santé plus constamment égale, et qui sont le moins sujettes à une foule de petits maux qui nuisent au bonheur de la vie ; leur embonpoint est aussi plus stationnaire : ce sont deux avantages que chacun peut vérifier dans sa société et parmi ceux dont le régime est connu.

Physiologie du goût, 1825

Vertus médicamenteuses et croyances magiques se rejoignent, tout comme médecine et sorcellerie mêlent leurs frontières. En 1598, José de Acosta pense que le chocolaté des Mexicains « fait mal au cœur [...] d'autant qu'il y a une écume qui est fort désagréable pour en user, si l'on n'en a grande opinion ». Au XVIIe siècle, Jean de Laet, dans son *Histoire du Nouveau Monde*, juge qu'il « ferait vomir celui qui n'y est pas accoutumé », mais l'on pense par ailleurs que le chocolat guérit « les maux d'estomac, les rhumes » (*Dictionnaire culturel en langue française*), qu'il fortifie la mémoire ou peut se substituer à un repas. Mme de Sévigné s'en méfie autant qu'elle le loue à sa fille : « Vous ne vous portez point bien, vous n'avez point dormi ? Le chocolat vous remettra. » Joseph Favre, dans son *Dictionnaire universel de cuisine pratique*, accordait une section « Hygiène » à l'article « Cacao » : « Le cacao naturel, ou simplement aromatisé de vanille, est un aliment qui convient à merveille aux hommes d'études ; il est réparateur et stimule légèrement les organes de la pensée, il a une immense supériorité sur le café et le thé ; c'est en même temps un tonique, un aliment d'épargne et un reconstituant. » Quant à Julie Andrieu, elle avoue : « Dans le fouillis de mon sac à main, il y a toujours une barre de chocolat ou une tablette entamée. Ce sont mes rations de survie, et de bonne humeur. »

ALBERT COHEN

Une gourmandise codifiée

Ariane est souffrante, alitée, cherchant le réconfort dans les souvenirs et le chocolat, son éternel confident et allié. Qu'elle « parle de boueuse amertume » et ne recoure plus à des termes laudatifs est synonyme d'une affliction profonde. Plus que l'amertume, c'est en effet l'acidité qui fait la qualité du chocolat.

Étendue, l'album de famille contre elle, roulant et déroulant un ruban comme une malade oisive dans son lit, elle jouait avec son ruban, seule avec le bruit de la mer, seule avec son ruban. Le jetant soudain, elle ouvrit l'album, un volume massif, bardé de ferrures, relié de cuir et de velours, le feuilleta. Assise auprès d'un guéridon festonné, une arrière-grand-mère en crinoline, l'œil dur, armée d'une Bible maintenue entrouverte par l'index. Un petit grand-oncle colonel, accoudé à une colonne torse, debout et malin devant un palmier peint sur une toile de fond, les jambes désinvoltes et croisées, un pied mutin reposant sur sa pointe. Elle à six mois, bébé bien nourri, honorable et gai sur son coussin. Papa recevant un diplôme de docteur honoris causa. Oncle Agrippa présidant une réunion du Consistoire de l'Église nationale protestante. Elle à treize ans, en chaussettes et mollets nus. Cousin Aymon, ministre à Paris, en compagnie du personnel de la légation. Tantlérie prenant le thé avec une grande dame anglaise. Une garden-party chez Tantlérie.

Elle referma l'album, assujettit les languettes d'argent, porta un chocolat à sa bouche, en laissa fondre la boueuse amertume. Toute la bonne société de Genève y était, à cette garden-party. Des gens sympathiques, distingués. Elle tourmenta ses cheveux, les boucla, les déboucla. Les coins de ses lèvres s'abaissèrent en une grimace enfantine, son diaphragme se contracta et l'air contenu dans ses poumons sortit brusquement. Bref, un sanglot. Dehors, immortelle, la mer.

Belle du Seigneur

**UNE SENSUALITÉ RAFFINÉE,
UN ÉROTISME LATENT,
UN FANTASME ÉTALE :
UN PÉCHÉ DIABOLIQUE ?**

En attendant l'amour...

JOANNE HARRIS

Une alchimie voluptueuse

La narratrice introduit le lecteur aux coulisses de la fabrication du chocolat, qui exige dextérité et attention. Cette attention débouche sur une rêverie autour de la transformation du chocolat, de sa fascinante métamorphose. Les effluves sacrés du chocolat agissent comme un charme.

Mercredi 19 février

En revanche, confectionner du chocolat, c'est une autre affaire. Oh, cela exige une certaine habileté. Il faut du doigté, de la rapidité, une patience que ma mère n'aurait jamais eue. Pourtant, la formule demeure la même chaque fois. Elle est sans danger. Inoffensive. Et je n'ai pas besoin de regarder dans le cœur des gens pour obtenir ce dont j'ai besoin ; ce sont des vœux qui peuvent s'exaucer en toute simplicité, il suffit de demander.

Guy, mon confiseur, me connaît depuis longtemps. Nous avons travaillé ensemble après la naissance d'Anouk, et il m'a aidée à monter ma première affaire, une minuscule pâtisserie-chocolaterie dans les faubourgs de Nice. À présent, il est établi à Marseille, où il importe la pâte de cacao directement d'Amérique du Sud puis la transforme en chocolat de diverses qualités.

Je n'utilise que le meilleur. Les blocs de chocolat de couverture sont légèrement plus gros que des briques de maçonnerie, une caisse de chaque par livraison, et je me sers des trois variétés : noir, au lait et blanc. Il faut le tempérer pour le porter à son état cristallin, et lui assurer ainsi une surface dure et croquante alliée à un beau brillant. Certains confiseurs achètent leur chocolat déjà trempé, mais j'aime effectuer cette opération moi-même. Il y a une fascination inépuisable à manipuler les blocs ternes de couverture brute, à les râper à la main – je ne me sers jamais d'appareils électriques – dans les grands poêlons en céramique, puis à faire fondre le chocolat, à remuer le mélange, à surveiller assidûment chaque étape avec le thermomètre à sucre jusqu'à ce que le mélange ait été exposé exactement à la quantité de chaleur nécessaire pour que s'effectue la transformation.

Il y a une sorte d'alchimie dans la transmutation du chocolat brut en ce magnifique substitut d'or, une magie profane que même ma mère aurait pu apprécier. Alors que je travaille, respirant profondément, je me remets les idées au clair. Les fenêtres sont ouvertes, et le courant d'air qui passe serait froid s'il n'y avait la chaleur des fourneaux, les casseroles en cuivre, la vapeur qui s'élève du mélange en train de fondre. Les senteurs mêlées du chocolat, de la vanille, du cuivre chauffé et de la cannelle sont enivrantes, puissamment suggestives; l'âcre odeur terreuse des Amériques, le brûlant parfum résineux de la forêt tropicale. C'est ainsi que je voyage à présent, comme les Aztèques dans leurs rituels sacrés. Le Mexique, le Venezuela, la Colombie. La cour de Montezuma. Cortès et Colomb. Le nectar des dieux, bouillonnant et moussant dans des coupes cérémonielles. L'âpre élixir de la vie.

Peut-être est-ce ce que perçoit Reynaud dans ma petite boutique : quelque chose qui remonte aux temps où le monde était un lieu plus vaste et plus sauvage. Avant Jésus-Christ – avant la naissance d'Adonis à Bethléem ou le sacrifice d'Osiris à Pâques –, la graine de cacao était vénérée. Des propriétés magiques lui étaient attribuées. Sa décoction était dégustée sur les marches des temples sacrificiels ; les extases qu'elle provoquait étaient violentes et effroyables. Est-ce là ce qu'il redoute ? La corruption par le plaisir, la subtile transsubstantiation de la chair en un vaisseau de débauche ?

Chocolat,
traduit de l'anglais par Anouk Neuhoff
© Quai Voltaire, 2000

Quelques rares artisans en France travaillent le chocolat depuis la fève : François Pralus à Roanne, Bonnat à Voiron, Bernachon à Lyon... Ils torréfient et transforment le chocolat puis moulent des couvertures. François Pralus utilise par exemple 18 fèves différentes, réalisant des crus ou des blends (mélanges) : Brésil, Indonésie, Venezuela, Tanzanie, Colombie, Madagascar, Papouasie, Vanuatu, Djakarta, São Tomé et Príncipe, Jamaïque, un 100 % criollos, Équateur, Cuba, à 75 %. Aujourd'hui, 85 % de la production mondiale utilise des fèves de forasteros, cacaoyers robustes et productifs, 1 % de criollos (les plus subtils, dont le vénézuelien Chuao) et 14 % de trinitarios. L'opération la plus délicate est le conchage, brassage du chocolat à 60/80 °C, qui doit durer deux à trois jours pour texturer le chocolat et lui ôter une part de son acidité indésirable.

JOANNE HARRIS

Un monde de sensualités

Joanne Harris révèle les liens ténus entre sensualité et chocolat dans ce passage où tous les sens sont mis en émoi. Le comique repose sur la collision de deux mondes : celui de la chocolaterie et celui de l'église Saint-Jérôme. Ces univers antithétiques se côtoient dans l'écriture, en un face-à-face plein d'humour, qui égaie la transgression de l'obsession chocolat.

Samedi 15 mars

Déjà je sens en moi quelque chose qui réagit, mon père, quelque chose de faible contre quoi je me croyais protégé. En contemplant la chocolaterie de l'autre côté de la place, sa superbe vitrine, les bacs de géraniums roses, rouges, orange disposés aux balcons et de chaque côté de la porte, je sens le doute qui s'insinue subrepticement dans mon esprit, et ma bouche se met à saliver au souvenir du parfum qui règne dans cette boutique, un parfum de crème, de marshmallows, de caramel, assorti à l'entêtant mélange du cognac et des fèves de cacao fraîchement moulues. C'est l'odeur d'une chevelure de femme, à cet endroit précis où la nuque rejoint la base tendre du crâne, l'odeur des abricots mûrs sous le soleil, de la brioche toute chaude et des petits pains à la cannelle, du thé au citron et du muguet. C'est un encens porté par le vent, se déployant doucement telle une bannière de révolte : loin d'être sulfureuses comme on nous l'a appris enfant, ces exhalaisons diaboliques constituent le plus subtil, le plus évocateur des parfums, l'essence combinée de mille épices, qui vous tourne les sens et vous élève l'esprit. Je me surprends debout devant Saint-Jérôme, la tête dressée dans la bourrasque, à m'efforcer de capturer une trace de ce parfum. Il imprègne mes rêves, et je me réveille en sueur et affamé. Dans mes rêves, je me goinfre de chocolats, et leur texture n'est pas friable mais douce comme la chair, comme des milliers de bouches sur mon corps, qui me dévorent goulûment de leurs délicats baisers. Mourir sous leur caressante gourmandise me paraît le summum délicieux de toutes les tentations que j'ai pu connaître, et dans ces moments-là j'arrive presque à comprendre Armande Voizin, qui risque sa vie à chaque voluptueuse bouchée.

J'ai dit *presque*.

Chocolat,
traduit de l'anglais par Anouk Neuhoff

Cet extrait a des affinités avec le poème en prose de Baudelaire, « Un hémisphère dans une chevelure » (*Le Spleen de Paris*), où les parfums capiteux de la lourde chevelure introduisent à un imaginaire baigné d'érotisme : « Dans l'ardent foyer de ta chevelure, je respire l'odeur du tabac mêlée à l'opium et au sucre. » Le chocolat est indissociable de cette sensualité; pour Jacques Genin, fondeur en chocolat, « travailler le chocolat, c'est travailler l'élément féminin ». On assiste aujourd'hui à une vogue pour des parfums construits sur des notes de chocolat : l'un des plus grands succès, *Angel* de Thierry Mugler, exploite cet accord gourmand, conciliant patchouli, hélional, éthylmaltol (caramel) et vanille. Créé en 1992, il lance la mode des notes alimentaires et de l'oriental sensuel chaud et gourmand. Jean-Michel Duriez pense *Sira des Indes* sur un accord banane, milkshake et poire. Ce courant olfactif sucré se perpétue avec les notes cacao noir de *Hugo Energize, Dior Homme* ou *L'Instant* de Guerlain Extrême. Le maquillage suit avec une collection *Tentation Chocolat* d'Estée Lauder. À travers ces choix, c'est le profil de la délicatesse exigeante des amateurs de chocolat noir qui est visé. *L'Instant* de Guerlain réunit les amateurs de thé et de chocolat avec des notes thé lapsang, hibiscus, badiane et fèves de cacao. Irrésistible chocolat...

ÉMILE ZOLA

Le parfum des parades amoureuses

Fille de Gervaise et Coupeau, héros de L'Assommoir, *Nana s'enfuit du foyer familial et devient comédienne et surtout femme galante, séduisant tous les hommes sur son passage grâce à ses formes plantureuses. Ici le comte de Muffat – dont Nana ne cesse de se jouer – la guette à la sortie du Théâtre des Variétés. Les effluves du chocolat, alliés à la vanille, se combinent à l'érotisme animal du musc.*

...Sous une nouvelle poussée de la foule, il avait traversé le passage, il se creusait la tête devant un vestibule de restaurant, les yeux fixés sur des alouettes plumées et sur un grand saumon allongé dans une vitrine.

Enfin, il parut s'arracher à ce spectacle. Il se secoua, leva les yeux, s'aperçut qu'il était près de neuf heures. Nana allait sortir, il exigerait la vérité. Et il marcha, en se rappelant les soirées passées déjà en cet endroit, quand il la prenait à la porte du théâtre. Toutes les boutiques lui étaient connues, il en retrouvait les odeurs, dans l'air chargé de gaz, des senteurs rudes de cuir de Russie, des parfums de vanille montant du sous-sol d'un chocolatier, des haleines de musc soufflées par les portes ouvertes des parfumeurs...

Nana

PHILIPPE DELERM

Un péché de gourmandise culpabilisant

Dans La Première Gorgée de bière *(1997), les petits bonheurs de l'existence s'égrènent au long des quatre-vingt-douze pages de l'ouvrage au format discret. La dégustation d'« un banana-split » éclate comme une provocation au milieu de tous ces plaisirs minuscules.*

Un banana-split

On n'en prend jamais. C'est trop monstrueux, presque fade à force d'opulence sucreuse. Mais voilà. On a trop fait ces derniers temps dans le camaïeu raffiné, l'amertume ton sur ton. On a poussé jusqu'à l'île flottante le léger vaporeux, l'insaisissable, et jusqu'à la coupelle aux quatre fruits rouges la luxuriance estivale mesurée. Alors, pour une fois, on ne saute pas sur le menu la ligne réservée au banana-split.

– Et pour vous ?

– Un banana-split.

C'est assez difficile à commander, cette montagne de bonheur simple. Le garçon l'enregistre avec une objectivité déférente, mais on se sent quand même un peu penaud. Il y a quelque chose d'enfantin dans ce désir total, que ne vient cautionner aucune morale diététique, aucune réticence esthétique. Banana-split, c'est la gourmandise provocante et puérile, l'appétit brut.

Quand on vous l'apporte, les clients des tables voisines lorgnent l'assiette avec un œil goguenard, car c'est servi sur assiette, le banana-split, ou dans une vaste barquette à peine plus discrète. Partout, dans la salle, ce ne sont que coupes minces pour cigognes, gâteaux étroits dont l'intensité chocolatée se recueille dans une étique soucoupe. Mais le banana-split s'étale : c'est un plaisir à ras de terre. Un vague empilement de la banane sur les boules de vanille et de chocolat n'empêche pas la surface, exacerbée par une dose généreuse de chantilly ringarde. Des milliers de gens sur terre meurent de faim. Cette pensée est recevable à la rigueur devant un pavé de chocolat amer. Mais comment l'affronter face au banana-split ? La merveille étalée sous le nez, on n'a plus vraiment faim. Heureusement, le remords s'installe. C'est lui qui vous permettra d'aller au bout de toute cette douceur languissante. Une perversité salubre vient à la rescousse de l'appétit flageolant. Comme on volait enfant des confitures dans l'armoire, on dérobe au monde adulte un plaisir indécent, réprouvé par le code – jusqu'à l'ultime cuillerée, c'est un péché.

La Première Gorgée de bière,
et autres plaisirs minuscules

Le banana-split de Philippe Delerm côtoie dans cet ouvrage d'autres « plaisirs minuscules » : les loukoums, le paquet de gâteau du dimanche matin, le porto, le croissant du trottoir, les mûres… Le bonheur est à portée de bouche : il suffit de renouer avec ce « désir total » « enfantin ». Ce texte soulève la culpabilité sous-jacente au plaisir, compromis par le péché de gourmandise. L'« opulence sucreuse » pointe la menace de l'excès. La vogue diététique actuelle, luttant contre la trilogie des « préférences plébéiennes (lourd-salé-gras) » (Michel Onfray, *Le Ventre des philosophes*), décourage ce « plaisir indécent » cher à Sartre, qui se nourrissait de « charcuteries, choucroutes, gâteaux au chocolat, sur un litre de vin ». On songe à Jean Baudrillard qui, dans *La Société de consommation*, dénonce la traque de la gourmandise : la « libération du corps » se doublant d'une « sollicitude répressive », prévenant « toute collusion du corps et du désir ». Ce texte de Philippe Delerm témoigne avec habileté de l'ambivalence du plaisir sucré, menacé par l'alibi d'un « exercice disciplinaire quotidien, obsédant » (Jean Baudrillard) : le régime. Le banana-split est l'antagoniste du « pavé de chocolat amer », seul rescapé des régimes. Il faut de l'audace à Pierre Hermé pour s'élever face aux tendances et imposer, en 1993, en pleine vogue du chocolat noir, *La Cerise sur le gâteau*, conçu avec le designer Yan Pennor's, révérence au chocolat au lait *Jivara* de Valrhona.

CASANOVA

Gorgée de chocolat et gorge

Casanova reçoit la visite de Lia, qui lui prépare son chocolat chaud, rituel immuable destiné à nourrir les appétits du libertin. L'érotisme latent du chocolat, son onctuosité, son écume vaporeuse pénètrent l'esprit de Casanova, avant-goût des ébats amoureux. Le chocolat chaud est alors toujours associé à une méditation inspirée sur la poitrine de la jeune femme. Traditionnellement, c'est la femme qui préparait le chocolat, qui pilait les fèves de cacao et les malaxait.

Il me paraissait impossible que Vénus n'exerçât sur elle le même empire que Bacchus; mais sa tête était forte; le vin n'y montait pas; son sang s'enflammait, et sa raison restait libre. J'ai secondé sa gaieté, et après le café, je lui ai pris la main pour la lui baiser, et elle ne voulut pas; mais son refus fut d'une espèce qu'il ne put pas me déplaire. Elle me dit avec esprit que c'était trop pour l'honneur, et trop peu pour l'amour. Je me suis d'abord trouvé sûr qu'elle n'était novice en rien. J'ai transporté mon projet au lendemain, et j'ai averti que je soupais chez le consul de Venise. Il m'avait dit qu'il ne dînait pas, mais que toutes les fois que j'irais souper avec lui je lui ferais un vrai plaisir.

Je suis rentré à minuit; tout le monde dormait, la servante exceptée qui m'a attendu et que j'ai bien étrennée. J'ai amené des propos pour la faire parler de Lia, et elle ne m'a dit rien qui vaille. Lia était une bonne fille, qui travaillait toujours, que toute la famille aimait, qui n'avait jamais écouté un amoureux. Quand Lia l'aurait payée cette servante n'aurait pas pu parler autrement.

Mais Lia vint le matin me porter mon chocolat, et s'assit sur mon lit me disant que nous avions un foie excellent, et que n'ayant pas soupé elle dînerait avec un très bon appétit. Elle me dit que ce qui l'avait empêchée de souper avait été l'excellent muscat de Chypre, dont son père était fort curieux. Je lui ai dit que nous lui en donnerions. Lia était là, comme elle avait été la veille. Ses seins me désolaient, et il me semblait impossible qu'elle en méconnût la puissance. Je lui ai demandé si elle savait que sa gorge était très belle. Elle me répondit que toutes les gorges des filles étaient comme la sienne.

Histoire de ma vie

La vitalité de la langue

BENJAMIN PÉRET

Une course au chocolat

Benjamin Péret (1899-1959) collabora à tous les numéros de La Révolution surréaliste *et demeura toujours fidèle au surréalisme. « Mille fois », poème extrait de* Derrière les fagots *(1934), s'inscrit bien dans cet esprit avec « la tablette de chocolat qui fuira »...*

MILLE FOIS

Parmi les débris dorés de l'usine à gaz
tu trouveras une tablette de chocolat qui fuira à ton
approche
Si tu cours aussi vite qu'un tube d'aspirine
tu iras loin derrière le chocolat
qui bouleverse le paysage
à la manière d'un soulier percé
sur lequel on jette un manteau de voyage
pour ne pas effrayer les passants par le spectacle de
cette nudité
qui fait claquer des dents aux boîtes de poudre de riz
tomber les feuilles des arbres comme les cheminées
d'usine
Et le train passe sans s'arrêter devant une petite gare
parce qu'il n'a ni faim ni soif
parce qu'il pleut et qu'il n'a pas de parapluie

parce que les vaches ne sont pas encore rentrées
parce que la route n'est pas sûre et qu'il n'aime pas
rencontrer des ivrognes ou des voleurs ou des flics
Mais si les alouettes faisaient la queue à la porte des
  cuisines
pour se faire rôtir
si l'eau refusait de couper le vin
et si j'avais cinq francs
Il y aurait du nouveau sous le soleil
il y aurait des pains à roulettes qui défonceraient les
  casernes de gendarmerie
il y aurait des pépinières de barbe où les moineaux
  feraient l'élevage des vers à soie
il y aurait dans le creux de ma main
un petit lampion froid
doré comme un œuf sur le plat
et si léger que la semelle de mes chaussures s'envolerait
  comme un faux nez
en sorte que le fond de la mer serait une cabine
  téléphonique
d'où personne n'obtiendrait jamais aucune
  communication

« Mille fois », in *Derrière les fagots*, 1934

FRANCIS PICABIA

Le chocolat suisse n'est pas sans conséquences

Francis Picabia (1878-1953), poète et peintre français, fut un adepte du dadaïsme et du surréalisme. Ayant rompu avec ces deux mouvements, il se consacra exclusivement à la peinture. « Cacodylate » est extrait de Poèmes et dessins de la fille née sans mère *(1918).*

CACODYLATE

Sa parade dont l'ébullition a des bornes impitoyables
faisait cortège d'un œil cacodylate rose vif
dans ma vie de suralimentation suisse.
Les chaises longues existaient après la mort
ce qu'elles pensaient couvre l'abandon c'est net
tout cela dans un peu de cristal médecin –

Je m'en fais gloire infiniment des bibelots d'ivoire
dussé-je souffrir aujourd'hui pendant ce long trajet
vers le peignoir rose en plis de cierges allumés –

Abominablement la science comme un dépôt
limite le cœur avec une invisible caresse
dans je ne sais quoi, mais en rond –

Les livres spirales caractérisent d'intimes délicatesses
de petit Saxe gisant épars partout où se glisse
la passagère flottante d'isolement chocolat.

Elle m'a laissé sa main d'hygiène arsenic
à cette place meurtrie d'accalmie froncée
comme le foyer d'un nouveau lit nuptial.

Poèmes et dessins de la fille née sans mère, 1918.

EMMANUELLE PAGANO

Des cheveux chocolat

L'incipit du Tiroir à cheveux *ouvre sur une rêverie, née des parfums de la chevelure de Titouan, un petit garçon. Emmanuelle Pagano travaille l'analogie entre la texture et la couleur des cheveux et le chocolat chaud. La chevelure occupe une place prégnante dans ce roman où une coiffeuse aime son métier où les doigts parcourent les crânes, procurant un apaisement.*

Le four est allumé, je sursaute et je lui dis non. Non. Titouan secoue la tête en riant. J'écarte son bras curieux, je m'accroupis et je ramène son corps vers moi. Il fait chaud à cause du printemps et des lasagnes. Le dos de Titouan est tiède sous le pyjama. Je soulève le haut pour mettre de l'air sur son torse. Il s'écarte. Je le reprends. Je passe la main dans ses cheveux mi-longs, les boucles brunes tremblent, on dirait du chocolat chaud mal préparé. Un peu trop épais, trop sucré sans doute. Il enlève ma main et se gratte la tête. J'aime les cheveux, même gras, rêches, épais. Mats, soyeux, souples au toucher, moites. J'aime toucher les cheveux. Regarder de près leurs formes, leurs couleurs, leurs textures. Et m'approcher des têtes, par-derrière, par côté. J'aime surprendre les mouvements des mèches. Les renifler en douce.

Titouan regarde la vitre du four et redit non de la tête. Au front, aux tempes l'ombre de sa frange en désordre a la couleur des mains gourmandes noircies par les châtaignes. Il transpire un peu à ces endroits et ça le fait friser aux bordures. Je ne sais pas si c'est le chocolat chaud ou les châtaignes qui me font le plus envie. C'est pas de saison, mais les lasagnes non plus. Titouan sautille, s'énerve comme un animal pris dans mes cuisses. Je le serre plus fort et ça le fait rire. Non, c'est chaud. J'ai envie de passer un balai de cou derrière ses oreilles pour le rafraîchir et le chatouiller.

Le Tiroir à cheveux

BEN SCHOTT

Des emprunts à la langue aztèque

Les Miscellanées de Mr. Schott *de Ben Schott renouent avec la tradition littéraire des recueils de pensées, de réflexions, de détails incongrus. Ces « choses mêlées », dans le bonheur de leur collision fantaisiste, ont reçu un bel accueil. Il mentionne quelques mots empruntés à la langue aztèque. La phrase mimant des allures de précis syntaxique joue de rapprochements burlesques. Notons que si Alain Passard ne propose pas de tomate au chocolat, il en fait tout de même un dessert célèbre : la « Tomate confite aux douze saveurs », qui tempère l'incongruité de ce passage !*

QUELQUES MOTS VENUS D'AUTRES LANGUES

ARABE – Perdu dans ses rêves de *harems*, étendu sur un *sofa* dans l'*alcôve*, l'*amiral* devrait redouter les *assassins* au lieu de chercher du réconfort dans l'*alchimie* de l'*alcool*

PORTUGAIS – Toutes ces *palabres* parce que l'*albatros albinos* déteste la *marmelade* !

JAPONAIS – Il n'y a qu'un *mikado* pour manger des *sushis* allongé sur un *futon* à côté d'une *geisha* tout en pariant sur un match de *sumô*.

ESQUIMAU (INUIT) – Mon *anorak* n'est pas assez chaud pour une expédition en *kayak* jusqu'à *l'igloo.* Passe-moi plutôt une *parka.*

PERSAN – On trouve de tout dans ce *bazar* : j'y ai acheté des *lilas,* du *jasmin,* et aussi des *babouches azur* assorties à mon *châle* en *taffetas.*

ALLEMAND – Ce *chenapan* a caché un *hamster* dans la *choucroute* d'un *bourgmestre huguenot.* Qu'il est *espiègle,* le *loustic* !

NORVÉGIEN – Ça n'était pas une bonne idée de laisser le *lemming skier* dans le *slalom*...

SANSKRIT/TAMOUL – Le *brahmane* et son *gourou* récitaient leurs *mantras* et touchaient presque au *nirvana* lorsqu'un *paria* a troublé leur *karma* en renversant du *patchouli* sur le rideau de *chintz.*

TCHÈQUE – Vite, un lance-*obus* ! Le *robot* s'est emparé d'un *pistolet* !

HONGROIS – *Cocher,* donnez-moi mon *sabre* ! Le *hussard* a gâté mon *goulache* en forçant sur le *paprika.*

HÉBREU – Quel *tohu-bohu* ! *Le* petit *chérubin* doit *jubiler* d'avoir semé une pareille *zizanie.*

NÉERLANDAIS – Le *flibustier* s'est fait *gruger* : tandis qu'il allait voir dans la *cambuse* attiré par le *vacarme,* les *matelots* ont jeté tout le *lest* du navire *en vrac* sur la *dune.*

TURC – Oh, *effendi*, comme je suis confus d'avoir taché votre *divan turquoise* avec du *yaourt*, du *sorbet* et du *café*.

ISLANDAIS – Toute une *saga* à propos d'un *geyser* ?

ESPAGNOL – L'*hidalgo hâbleur* a dû écourter son *média-noche* : une *noria* de *moustiques* dévorait sa *dulcinée* dans le soir *indigo*.

ANGLAIS – Il faut vraiment être un *snob* ou un *dandy* pour aller jouer au *croquet* sur le *boulingrin* vêtu d'une *redingote* en *casimir*.

GAÉLIQUE – Quel *slogan* pourrait lancer la mode du *plaid* ?

AZTÈQUE – Non, je ne mangerai pas d'*avocat* aux *caca-huètes*, ni de *tomate* au *chocolat*. Tu n'as qu'à donner tout ça au *coyote*.

RUSSE – Un *oukase* du tsar ordonne qu'on envoie un *samovar* de *vodka* au joueur de *balalaïka*.

Les Miscellanées de Mr. Schott,
traduit de l'anglais par Boris Donné

Vigueur et volupté, la tentation publicitaire

ORNELA VORPSI

Le dernier souhait d'un condamné

Buvez du cacao Van Houten!, *titre du recueil d'Ornela Vorspi, présente une succession de petites histoires émouvantes dont les héros, humbles pour la plupart, subissent leur existence avec une sorte de résignation devant la fatalité historique, tout en rêvant d'une autre vie ou d'un ailleurs inaccessible.*

Ce soir je raconterai à Ija la dernière requête d'un inconnu, un homme dont on parla dans les journaux précisément à cause de ce dernier vœu qu'il a formé avant de mourir. Je venais de le lire dans le poème de Maïakovski. *Le Nuage en pantalon*, c'est le titre de ce magnifique hurlement jailli des poumons de mon poète bien-aimé, un poème qui m'a coupée en deux pour toujours; j'en retiens ce vers : « Qu'il est bon, quand on est jeté aux dents de l'échafaud, de crier : *Buvez du cacao Van Houten!* »

Je ne comprenais pas de quelle façon le cacao Van Houten prétendait rendre la mort plus douce, et dans le cas où il posséderait ce pouvoir, il fallait que je mette la main sur ce cacao exceptionnel. Avec cette pensée, je cherchai, dans les notes situées en fin d'ouvrage, à quel fait précis se référait Maïakovski.

Voici ce que je raconterai ce soir à Ija :

À l'époque lointaine de 1910, il existait en ce monde

un homme comme tant d'autres, condamné à mort pour je ne sais quelle raison. Ce qui est sûr, c'est que l'homme fut exécuté en plein air, face à la foule. Puis il y avait une société, elle produisait du cacao et s'appelait Van Houten. Van Houten a besoin de publicité. Je ne sais comment se portaient à cette période les affaires de l'entreprise, toujours est-il qu'elle décide d'acheter le dernier vœu du condamné : Van Houten versera une forte somme à la famille du malheureux si, avant de mourir, au moment de l'exécution, il crie à la foule curieuse, en guise de dernier vœu, cette phrase : « Buvez du cacao Van Houten ! » Et il l'a criée, Ija.

Buvez du cacao Van Houten !,
traduit de l'italien par Marianne Véron

ROBERT SABATIER

Du chocolat sur les murs

Olivier, orphelin, évolue dans Paris et s'adonne à sa fantasmagorie nocturne. Fasciné par la rue, il en décrit le pittoresque et le goût du détail infime : « Si la rue connaissait ses heures de fête, elle possédait aussi ses acteurs. » Les déambulations d'Olivier le rendent attentif à l'empire des signes urbains, dont la publicité est l'expression ostentatoire. Il fait ressurgir ainsi les témoignages de messages oubliés, des vestiges du colonialisme.

Depuis longtemps, Olivier s'amusait à lire les murs comme un livre d'images. On voyait des bébés partout : celui, tragique, du bébé Cadum (on disait que le bébé reproduit était mort peu de temps après et que sa mère pleurait en le voyant sur tous les murs), celui joufflu de Maïzena qui *élève de beaux bébés*, celui de Blédine *la seconde maman*. Des personnages étaient célèbres : le Noir de Banania et son *Y'a bon!* tout à fait Exposition Coloniale, le Pierrot au doigt sentencieusement levé pour désigner l'inscription semi-phonétique : *Le K.K.O. L.S.K. est S.Ki*,, le petit cow-boy des cigarettes Balto et l'ambassadeur à monocle des cigares Diplomate, les deux garçons – rouge et blanc – du Saint-Raphaël Quinquina portant leurs plateaux, le bonhomme Thermogène crachant son feu, les demoiselles des lampes *Les petites Visseaux font de grandes lumières.* Quant à la fillette du chocolat Menier, on lui avait coupé ses longues nattes d'antan, dérobé son panier et, stylisée, elle n'était plus qu'une ombre écrivant sur le mur.

Les Allumettes suédoises

Robert Sabatier mentionne ici les classiques des affiches publicitaires : l'efficacité de l'argumentaire Banania reposant sur la reprise des parlures. *Banania* conjugue l'exotisme et le parler « enfançon », tandis que « Y'a bon ! » valant slogan reprend les monosyllabes d'un Noir parlant proprement « petit nègre ». Cette boîte jaune apparaît en 1912, née des voyages du journaliste Pierre Lardet. Un tirailleur sénéglais, arborant chéchia rouge à touffe bleue, soldat de la Coloniale durant la Première Guerre mondiale, vante sur l'affiche les vertus du chocolat : vigueur, force, énergie, assis sur une caisse en bois. On y lit : « Exquis petit déjeuner sucré. Aliment délicieux pour les estomacs délicats (en vente partout). » Quant à la « fillette du chocolat Menier », en jupette et cheveux courts, elle renvoie à l'affiche jaune serin de 1930, précisant la date de fondation de Menier en 1816. Le graphisme publicitaire quitte alors des traits naïfs, pour se styliser. Lors de l'Exposition universelle de 1900, cette maison reproduisit le navire *Triomphant*, qui rapporta en 1679 les fèves françaises depuis la Martinique. C'est à Émile Menier qu'on doit une baisse du prix de vente du chocolat. Dans un autre passage, Robert Sabatier cite les albums aux vignettes d'artistes de cinéma des chocolats Tobler (Toblerone créé en 1908 par Théodore Tobler). Alexandre Vialatte, dans *Les Fruits du Congo*, évoque une « porte de pagode » qui tire son « style chinois » de « papiers d'argent tirés des paquets de chocolat et de dragons peints au minium ».

« Le goût de… »

Le chant des villes
Le goût de l'Afghanistan
Le goût d'Antibes
Le goût d'Alexandrie
Le goût d'Alger
Le goût d'Amsterdam
Le goût d'Athènes
Le goût de Bali
Le goût de Barcelone
Le goût de Belgrade
Le goût de Beyrouth
Le goût de la Birmanie
Le goût de Bruxelles
Le goût de Budapest
Le goût de Cannes
Le goût de Capri et autres îles italiennes
Le goût de la Croatie
Le goût de Cuba
Le goût de Dublin
Le goût de l'Engadine
Le goût de Florence
Le goût de Genève
Le goût de la Haute-Provence
Le goût des villes de l'Inde
Le goût de l'Inde
Le goût d'Istanbul
Le goût de Jérusalem
Le goût de Lisbonne
Le goût de Londres
Le goût de la Loire
Le goût de Los Angeles
Le goût de Lyon
Le goût de Marrakech

Le goût de la Martinique
Le goût du mont Blanc
Le goût du Mont-Saint-Michel
Le goût de Moscou
Le goût de Nancy
Le goût de Naples
Le goût du Népal
Le goût d'Odessa
Le goût de Palerme
Le goût de Paris
(3 volumes;
1. Le mythe;
2. L'espace;
3. Le temps)
Le goût de Pékin
Le goût du Périgord
Le goût de Prague
Le goût du Rhin
Le goût de Rio
Le goût de Rome
Le goût de Saint-Jacques-de-Compostelle
Le goût de Saint-Pétersbourg
Le goût de Salzbourg
Le goût du Sénégal
Le goût de Séville
Le goût de Shanghai
Le goût de Strasbourg
Le goût de Tanger
Le goût de Toulouse
Le goût de Trieste
Le goût de Venise
Le goût du Vietnam
Le goût de Vienne

Le goût du chocolat
Le goût des déserts
Le goût du football
Le goût des jardins
Le goût du thé

Réalisation Pao : Dominique Guillaumin

Achevé d'imprimer
sur les presses de l'imprimerie Hérissey
en février 2007.
Imprimé en France.

Dépôt légal : février 2007
N° d'imprimeur : 103774

143923